Easy
輕鬆學

Easy
輕鬆學

イラストでわかる中学英語の語源事典

字首&字根

連鎖記憶法

英文單字

語源圖鑑

英文學習者的第一本
革命性入門語源單字書

清水建二、すずきひろし／著　威廉・J・柯里／審訂　吳怡文／譯

作者前言 1

為什麼英語單字老是背不起來？

清水建二

根據近代比較語言學研究發現，從歐洲到印度，大部分地區所說的各種語言，原本都是從同一種語言發展出分支，形成現在的模樣，而這種被視為起源的語言，就是**原始印歐語**。

英語的起源和德語及丹麥語一樣，都是日耳曼語，而法語、西班牙語、義大利語則起源於拉丁語，俄羅斯語、波蘭語、克羅埃西亞語起源於斯拉夫語，印地語、烏爾都語起源於梵語，波斯語、庫德語則起源於伊朗語，最後，這些語言都可追溯到原始印歐語。就像這樣，**一個語言會隨著民族遷移到廣大地區，變化出各種形式**。

一般都認為歐洲人學英語比較容易，原因就出在英語和其他歐洲語言的親戚關係。特別是以英語為母語的英國人過去曾長期受法國人統治，所以，英語中有許多單字是從法語，或法語的祖先——拉丁語借用來的。有研究統計，源自法語和拉丁語的英語單字占全體將近六成。因此，對法國人，以及同為拉丁語系的西班牙人、義大利人、葡萄牙人而言，英語非常好學；反之，對英

國人來說，拉丁語系的語言也非常容易學習。

● 語源學習法的優勢

利用語言中帶有特別意義的單字零件（字首、字根、字尾），連鎖式地記憶英文單字，就是所謂的「語源學習法」。

比方說，日語的「麵包（パン，發音為 pan）」來自葡萄牙語的 pao，是江戶時代的基督教徒為了傳教，由葡萄牙人傳到日本的。順帶一提，麵包的西班牙語為 pan， 法語為 pain，義大利語是 pane，這些字都源自它們共同的祖先──拉丁語中表示「食物」的 panis。在英語中，「麵包」並非 pan，而是 bread，但在英語中也有使用 pan 的單字，這些單字也帶有麵包的意思。

有「公司」與「同伴」之意的 company，語源為 **〈com（一起）＋ pan（麵包）＋ y（場所）〉**，原意是「一起吃麵包的場所或人」。同樣地，accompany 是 **〈ac（朝向～）＋ company（同伴）〉**，衍生出和夥伴「一同前往」之意，pantry 是 **〈pan（麵包）＋ try（場所）〉**，從有麵包的地方，衍生出「食品儲藏室」之意。像這樣可以增加意思有關聯的字彙學習法，就是語源學習法。

另一方面，「麵包」的英語 bread，源頭是原始印

歐語中代表「燒烤、燉煮、加熱」之意的 bhreu，這個字是經由日耳曼語，被英語借用來的。語源相同的單字還有 bride（新娘），這個字源於「嫁到丈夫家的新娘工作是烤麵包」之意。其他如 broil（直接以火燒烤）、broth（湯）、brew（釀造）、breed（繁殖）、 brood（同一窩孵出的雛鳥）等也具有相同的語源。

就像這樣，透過語源來學習英語單字的優點是，**可以讓不同的單字擁有「有機的關聯性」**，開心學習。不過，它也是有缺點的，例如主要源自日耳曼語的 go、come、table、sea 等幾個基本單字，有的字與其利用語源來記憶，直接記住單字的意思還比較快。

此外，因為過去的語源學習書籍所收錄的多半是比較困難的單字，只適合有一定字彙能力的人閱讀。而本書著眼於這一點，以 art、ball、car、cap、flower 這類每個人多半都認識的單字為例，盡量做到**即使是英語初級者也能理解**。就這點來說，堪稱是語源學習的革命性入門書籍。

學習英文單字時，不用繃緊神經坐在書桌前。首先，請在每天的通勤車上、休息時間，或是玩膩手機遊戲等時刻，隨意翻閱這本書。相信大家在重複翻閱的過程中，就可以慢慢理解本書的優點，感受到語源學習的樂趣與效率。

理解語源便可增加字彙

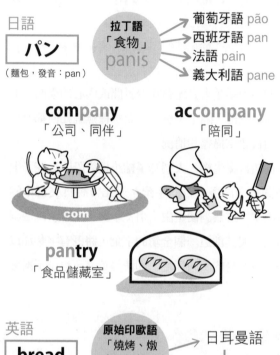

日語

パン

（麵包，發音：pan）

拉丁語
「食物」
panis

葡萄牙語 pão
西班牙語 pan
法語 pain
義大利語 pane

company
「公司、同伴」

com

accompany
「陪同」

pantry
「食品儲藏室」

英語

bread

原始印歐語
「燒烤、燉煮、加熱」
bhreu

日耳曼語
↓
英語

bride 「新娘」

broil 「直接以火燒烤」

broth 「湯」

brew 「釀造」

breed 「繁殖」

brood 「同一窩孵出的雛鳥」

作者前言 2

利用語源＋圖像，讓背單字變得事半功倍！

すずき　ひろし

我們想用話語來表達存在於世間或內心的東西，但有時可能會覺得「隔了一層」，有那種無論如何都無法用既有的言語來描述的情況。

自從語言誕生後，人們為了縮小這層隔閡，花了很長的時間打造許多「新的字彙」。比方說日文當中的「引き出す」這個詞便是由「引く」與「出す」兩個詞組合而成，與其創造一個全新的字彙，將既有字彙加以組合是比較容易的。同樣地，即使是英文，也會不斷發展出新的字詞。

● 英語是如何形成的？

英語是以源自拉丁語的語言為中心，慢慢增加字彙。通常英語單字由幾個要素組成，包括放於前頭，表示方向或位置關係等的**字首**，表示字彙核心意義的**字根**，以及放在最後，表示詞性或附加功能的**字尾**。

　　舉例來說，extract 由意味著「往外面」的字首 ex，以及緊接在後、帶有「拉扯」之意的字根 tract 組合而成。換句話說，因為 tract 的意思是「拉」，ex 的意思是「從裡面到外面」，因此 extract 便是「取出、拔出」之意。同樣地，當表示「往裡面」，亦即「進入」之意的 intro，後面緊接著具「引導」之意的 duce，組合起來的 introduce 便是「引進」，若後面再加上表示「名詞」的字尾 tion，就成了名詞的 introduction（引進、介紹）。

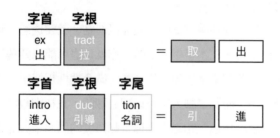

　　如上述，英語也有宛如日語「引き出す」這種以既有字彙組出新字彙的例子。若我們回溯歷史，試著思考「語源」，就可以發現這樣的單字組合。這麼一來，英語單字的字母就不單純只是符號的排列，而是**有意義的**

塊狀組合，過去讓人感到棘手的英語學習，也會變得更加輕鬆，這就是語源學習法。

● 透過插圖，讓單字與心靈加以連結

語言以文字的形式呈現，本是藉以表達心情的媒介，並非單純的符號。若只是單單將英語轉換成另一種語言會非常乏味，最好可以用「心」來感受，將乍看只像是符號的英語單字，與心靈相互連結。以「語源」來掌握字彙這件事，與其說是「背下符號」，倒不如說是「用心來了解意涵」。

若想有效地讓字彙與心靈加以連結，就要透過「圖像」來學習。在本書中，我的工作就是盡可能以圖解的方法，將各個單字所象徵的含意，概念性地根據語源來清楚說明。而為了讓大家可以開心翻閱，我特別設計了貓和烏龜的角色，和過去那種有點難度的語源字典並不相同，必要的時候，請將情境替換成自己的生活來思考，或是參照插圖活動自己的身體，**透過想像力和身體，一起感受英語單字**，將它們深深刻畫在心中。

比方說，很多人會把 introduction 這個字翻譯成「介紹」來加以記憶。的確，「將人引導到裡面」，就是

「介紹」的意思，不過，「將新的設備或規定引導到裡面」時，翻成「引進」則會比較自然。如果將 introduce 這個字分解成〈intro ＋ duce〉，並以意象來感受、領會，不管是「介紹」還是「引進」都能運用自如。

intro（往裡面）＋ duce（引導）

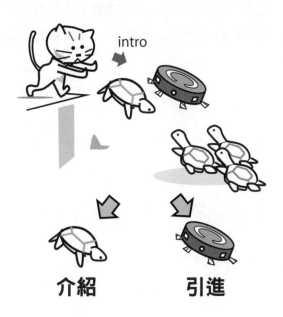

介紹　　　**引進**

請利用這個方法，在大腦中將同義詞和多義詞劃分清楚。當然，藉此也可以增加許多相關字彙，即使是第一次看到的字，也可以猜測出它的意思。

　　我在寫書時，總是希望可以和讀者一起分享自己覺得「有意思」的事。希望透過這本書，可以讓大家感受到「求知是一件有趣的事」。邀請各位讀者一起來享受這趟「透過語源了解英語單字的知識探險」。

　　最後，請容我在此向不斷鼓勵我，又非常善於讚美他人的 PHP 編輯團隊宮澤小姐等人，表達誠摯的謝意。

本書架構

【第 1 章‧字首篇】

　　此章收錄 41 個字首，針對語源、意思進行解說，同時介紹 6 個同字首的單字。

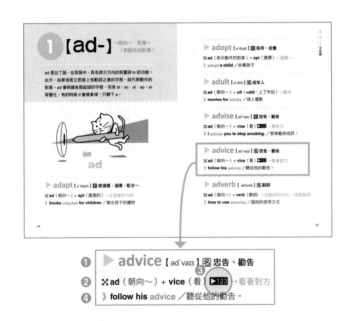

❶ 單字、音標、詞性、意義
❷ 以語源分析單字的組成，並加以解說
❸ 此單字的字根在【第 2 章‧字根篇】的序號，可一起參照
❹ 例句

　　此章收錄 126 個字根，針對語源、意思進行解說，同時介紹 5 個同字根的單字。

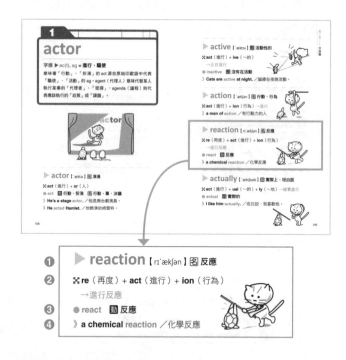

❶ ▶ reaction【rɪˋækʃən】图 反應

❷ ✕ re（再度）+ act（進行）+ ion（行為）
　　→進行反應

❸ ● react 動 反應

❹ 》a chemical reaction ／化學反應

❶ 單字、音標、詞性、意義
❷ 以語源分析單字的組成，並加以解說
❸ 補充介紹此單字的其他詞性
❹ 例句

CONTENTS

第 **1** 章 **字首** 篇

第 **2** 章 字根 篇

【龜吉】
本來以為是公的，取了名字之後，才發現是母的。馬之助的部下。有許多同伴，但因為大家都有親戚關係，幾乎無法分辨，就連馬之助也無法確定誰是龜吉。專長是短跑（紀錄是 3 公尺跑 9.9 秒）。喜歡的食物是都昆布，他說那東西有媽媽的味道。

角色介紹
Character
Profile

【馬之助】
喜歡惡作劇和冒險，雖然有強烈的好奇心，但膽子很小，表情看起來像是在生氣，其實是因為有滿滿的好奇。喜歡的食物是牛奶布丁和加了起司的貓飯。表面上喜歡魚，其實並非如此。興趣是角色扮演，專長是充滿自我風格的現代舞。

字首 篇

【何謂字首？】

將單字拆解成幾個部分時，放在字彙前面的部分，具有表示方向、位置、時間、強調、否定、數量等意思。比方說，在有「看」這個意思的 spect 前面，加上 in（裡面）、re（後面）或 ex（外面）等字首後，如果是 inspect，意思就可以從「看裡面」聯想到「檢查」；如果是 respect，就可以從「回頭往後看」聯想到「尊敬」；expect 就可以從「看外面」聯想到「預期」。在語源學習中，字首是扮演配角的必要元素。

1 【ad-】

→朝向～、對著～
（表動作的對象）

ad 是拉丁語，在英語中，具有表示方向的前置詞 to 的功能。此外，如果後面立即接上有動詞之意的字根，就代表動作的對象。ad 會根據後面銜接的字根，而有 at、ac、al、ap、ar 等變化，有的時候 d 會被拿掉，只剩下 a。

ad

▶ **adapt** 【ə`dæpt】動 使適應、適應、配合～

✖ ad（朝向～）+ apt（適當的）→往適當的方向

》 **books adapted for children** ／適合孩子的讀物

▶ adopt 【ə`dɑpt】 動 採用、收養

❌ ad（表示動作的對象）+ opt（選擇）→選擇～

》 adopt a child ／收養孩子

▶ adult 【ə`dʌlt】 名 成年人

❌ ad（朝向～）+ ult（=old，上了年紀）→變老

》 movies for adults ／成人電影

▶ advise 【əd`vaɪz】 動 忠告、勸告

❌ ad（朝向～）+ vise（看）▶123 →看對方

》 I advise you to stop smoking. ／我奉勸你戒菸。

▶ advice 【əd`vaɪs】 名 忠告、勸告

❌ ad（朝向～）+ vice（看）▶123 →看著對方

》 follow his advice ／聽從他的勸告。

▶ adverb 【`ædvəb】 名 副詞

❌ ad（朝向～）+ verb（動詞）→往動詞的方向 →搭配動詞

》 how to use adverbs ／副詞的使用方式

2 【a-】 →朝向～、往～裡面

在原始印歐語中，意味著「～的上方」的 an 經由日耳曼語，轉變成前置詞 on，而當 an 的 n 拿掉後，會變成帶有「在～上方」、「在～裡面」、「朝向～」之意的字首，形成各式各樣的字彙。a 這個字首，可以創造出表示「場所、狀態、方向」的形容詞或副詞。

a

▶ **alive** 【ə`laɪv】 形 活著、有生氣的

✖ a（朝向～）+ live（活）→ 活著

》 **He is still alive.** ／他還活著。

▶ abroad【ə`brɔd】副 到國外、在國外

✘ a（朝向～）+ broad（寬廣的）→往寬廣處

》 I want to study abroad. ／我想去留學。

▶ alike【ə`laɪk】形 相像的

✘ a（朝向～）+ like（像～一樣）→如同～一般

》 The twins are exactly alike. ／那對雙胞胎長得很像。

▶ ashore【ə`ʃor】副 岸邊、往岸上

✘ a（朝向～）+ shore（岸）→前往岸上

》 swim ashore ／游到岸上去

▶ ahead【ə`hɛd】副 向前、事先

✘ a（朝向～）+ head（頭）→往頭的方向

》 Go ahead! ／您先請！

▶ aloud【ə`laʊd】副 發出聲音、大聲地

✘ a（朝向～）+ loud（聲音很大）→用很大的音量

》 Read the sentence aloud. ／請大聲唸出那個句子。

3 【ob-】 →朝向～、前往～

ad 用來表示方向，意思相近的字首還有 ob。在拉丁語中，有著「前往～」、「在～旁邊」的意思，在英語中，有著 against 或 near、by 之意。雖然是用來表示方向，也有撞到東西的意思。根據後面的字根，有時會變化成 oc、of、op。

ob

▶ **obstacle** 【`ɑbstək!】 图 障礙

ob（朝向～）+ **sta**（站立） ▶112 + **cle**（小東西）
　→互相對立的東西

》 **overcome** obstacles ／克服障礙

▶ obstruct 【əbˋstrʌkt】 動 堵住、阻擋

✖ ob（朝向～）+ struct（站立）→對峙

》 obstruct **the view** ／阻礙視線

▶ occasion 【əˋkeʒən】 名 時刻、場合、機會

✖ o(c)（朝向～）+ cas（掉落）▶18 + ion（狀態）
　　→往～掉落

》 **on** occasions ／偶爾

▶ Occident 【ˋɑksədənt】 名 西方

✖ O(c)（朝向～）+ cid（掉落）▶18 + ent（表示狀態）
　　→往太陽下沉的方向

》 **the** Occident **and the Orient** ／西方與東方

▶ offend 【əˋfɛnd】 動 傷害情感

✖ o(f)（朝向～）+ fend（戳、折磨）→對著～折磨

》 **I didn't mean to** offend **you.** ／我無意冒犯你。

▶ opportunity 【ˌɑpəˋtjunətɪ】 名 機會、良機

✖ o(p)（朝向～）+ port（港口）▶42 + ity（行為）→前往
　　港口取得商機

》 **have an** opportunity **to do** ～／有機會做～

4 【in-, im-】 →在～裡面

源自表示「在～裡面」、「在～上面」的拉丁語 in，放在動詞或名詞的前面，則有「放到～裡面」之意。如果出現在 b、m、p 之前，in 會變化成 im。

in

▶ **income** 【ˋɪn͵kʌm】图 收入

✂ **in**（在～裡面）+ **come**（來）→進到錢包中的東西

》 **live on a small income** ／以極少的收入過活

▶ indoors 【`ɪn`dorz】 副 在屋內、在室內

✖ in（在～裡面）+ doors（門）→ 在門裡面

》 **stay indoors all day** ／一整天都待在屋裡

▶ initial 【ɪ`nɪʃəl】 形 第一次的 名 字首

✖ in（在～裡面）+ it（前往）▶57 + al（～的）→ 進入～後前往

》 **the initial salary** ／初次工作所領的薪水

▶ inland 【`ɪnlənd】 形 內陸的

✖ in（在～裡面）+ land（土地）→ 在土地中

》 **the inland climate** ／大陸性氣候

▶ insight 【`ɪn,saɪt】 名 洞察力

✖ in（在～裡面）+ sight（視野）→ 視野內

》 **a man of deep insight** ／極具洞察力之人

▶ implant 【ɪm`plænt】 動 移植、灌輸

✖ im（在～裡面）+ plant（種植）→ 植入

》 **implant a pacemaker** ／植入心律調節器

5 【en-】 →在～裡面、打造成～

表示「在～裡面」、「在～上方」的拉丁語 in，在古英語中變化成 en，放在名詞或形容詞之前，會變成帶有「放進～裡面」或「打造成～」之意的動詞。若出現在 b、m、p 之前，en 會變化成 em。

en

▶ **enlarge**【ɪn`lɑrdʒ】**動** 擴大

✖ **en**（打造成～）+ **large**（大的）→弄大

》 **enlarge the photo**／把照片放大

▶ enjoy【ɪn`dʒɔɪ】📖 享受

✖ en（打造成～）+ joy（樂趣）→把～變成樂趣

》 I enjoyed talking to her. ／跟她交談是一種享受。

▶ enrich【ɪn`rɪtʃ】📖 把～變得充裕

✖ en（打造成）+ rich（豐裕的）→打造得豐裕

》 enrich the soil ／讓土壤變得肥沃

▶ employ【ɪm`plɔɪ】📖 雇用、使用

✖ em（在～裡面）+ ploy（折）→折進來 →獨占

》 employ foreigners ／雇用外國人

▶ employment【ɪm`plɔɪmənt】图 雇用

✖ em（在～裡面）+ ploy（折）+ ment（行為）→折入
　　→獨占

》 sign an employment contract ／簽雇用契約

▶ employer【ɪm`plɔɪɚ】 图 雇主

● employee【ˌɛmplɔɪ`i】图 員工

✖ em（在～裡面）+ ploy（折）+ er（人）→折入者
　　→獨占者

》 my former employer ／我之前的雇主

6 【a-】 →沒有～、不是～

在原始印歐語中，意味著「不是～」的 ne，經過希臘語轉變為 a 或 an，然後再進入英語。anarchy（無政府狀態）的語源便是〈an（沒有～）+ arch（統御、頭）+ y（狀態）〉。特別要注意當 a 放在以母音為首的字彙前面時，會變成 an。

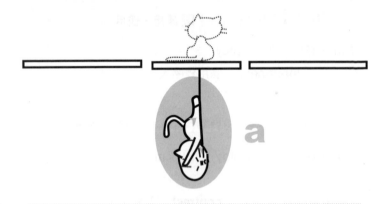

▶ **atom** 【`ætəm】 图 原子

✖ **a**（不是～）+ **tom**（切割）→再也無法進行切割的東西

》 **atoms and molecules** ／原子與分子

▶ atomic【ə`tɑmɪk】形 原子的

✖ a（不是～）+ tom（切割）+ ic（～的）→再也無法進行切割的

》 run on atomic energy ／以核能為動力

▶ apathy【`æpəθɪ】名 漠不關心

✖ a（不是～）+ path（感覺）▶84 + y（狀態）→沒有感受到

》 widespread apathy among students ／學生間瀰漫一股事不關己的氣氛

▶ apathetic【ˌæpə`θɛtɪk】形 漠不關心的

✖ a（不是～）+ path（感覺）▶84 + tic（～的）→沒有感覺的

》 young people apathetic about politics ／對政治冷感的年輕人們

▶ asymmetry【e`sɪmɪtrɪ】名 非對稱

✖ a（不是～）+ sym（相同）+ metry（測量）→測量後發現左右不一致

》 facial asymmetry ／顏面不對稱

▶ amoral【e`mɔrəl】形 缺乏道德觀

✖ a（不是～）+ moral（道德的）→非道德的

》 an amoral people ／缺乏道德觀的公民

35

7 【ab-】 →從～（離開）、不做～

在原始印歐語中，有「從～離開」之意的 apo，經過拉丁語，轉變成 ab 後再進入英語，成為英語中代表「分離」的 off 或 of 之起源。前置詞的 of 後來轉變成「～的」之意，如 the leg of a table（桌子的腳），但原本為「分離」之意，指的是從整張桌子取出的一部分。

ab

▶ **abnormal**【æbˋnɔrm!】形 異常的

✖ **ab**（從～離開）+ **normal**（正常的）→離開正常狀態

》 **an abnormal amount of snow**／異常的雪量

▶ **absent** 【`æbsnt】 形 缺席的

✘ **ab**（從～離開）+ **sent**（在、有）→離開存在的狀態

》 be **absent** from school ／在學校缺席

▶ **absence** 【`æbsns】 名 不在

✘ **ab**（從～離開）+ **sence**（在、有）→離開存在的狀態

》 in my **absence** ／我不在的時候

▶ **aboriginal** 【,æbə`rɪdʒən!】 形 原住民的

✘ **ab**（從～離開）+ **original**（原始的）→打從一開始就存在

》 an **aboriginal** culture ／原住民文化

▶ **abundant** 【ə`bʌndənt】 形 豐富的

✘ **ab**（從～離開）+ **ound**（波浪）+ **ant**（表示狀態）
→從～溢出來

》 an **abundant** supply of food ／充分的糧食供給

▶ **abuse** 【ə`bjuz】 動 濫用、虐待

【ə`bjus】 名 濫用、虐待

✘ **ab**（從～離開）+ **use**（使用）▶118 →以非原有用法來
加以使用

》 **prevent** child **abuse** ／防止虐童

8 【de-】 →往下、離開、 完全地

de 在拉丁語中，為表示「從某樣東西往下」或「從某樣東西離開」之意的字首，從「由上到下」的意象中，衍生出「完全地」或「徹底地」的強烈意涵。detox（戒癮）指的是將毒素（tox）從體內完全（de）排除的意思。

de

▶ **deform** 【dɪ`fɔrm】 **動** 變形

✘ **de**（離開）+ **form**（形狀）▶46 →離開原有的形狀

》 **substance hard to deform** ／不易變形的物質

▶ **demerit** 【dɪˋmɛrɪt】 图 缺點、短處

✘ **de**（離開）+ **merit**（優點）→離開優點

》 **merits and** demerits ／優點和缺點

▶ **defrost** 【diˋfrɔst】 動 解凍

✘ **de**（離開）+ **frost**（霜）→從霜離開

》 defrost **meat** ／將肉解凍

▶ **defend** 【dɪˋfɛnd】 動 保護、辯護

✘ **de**（離開）+ **fend**（折磨）→打擊敵人後撤退

》 defend **innocent people** ／保護無辜者

▶ **declare** 【dɪˋklɛr】 動 宣言、申報

✘ **de**（完全地）+ **clare**（**=clear**，明顯的）→變得明顯

》 declare **independence** ／發表獨立宣言

▶ **deposit** 【dɪˋpɑzɪt】

動 放置、存放　图 存款、訂金

✘ **de**（在下面）+ **posit**（放置）▶91 →放在下面

》 deposit **money in a bank** ／把錢存放在銀行裡

9 【dis-】 →不做～、不是～、離開

在拉丁語中，dis 意味著「離開」或「朝不同的方向」，加在動詞、名詞、形容詞中，表示「相反的動作」或「相反的狀態」。和 respect（尊敬）有著相反意思的則是 disrespect（輕視）。在美國俚語中，dis 也被當作動詞來使用，有「無禮對待、冒犯」之意，和 diss 相通。

▶ **discard** 【dɪs`kɑrd】 **動** 捨棄、丟棄

【`dɪskɑrd】 **名** 廢除

❌ **dis**（離開）+ **card**（卡片）→將卡片丟棄

》 **a bike** discarded **at the side of the road** ／被丟在路旁的腳踏車

▶ **disease** 【dɪ`ziz】 图 疾病

✖ **dis**（不是～）+ **ease**（輕鬆）→不輕鬆的狀態

》 **suffer from a chronic disease** ／為慢性病所苦

▶ **discount** 【`dɪskaʊnt】 图 折扣 動 打折

✖ **dis**（不～）+ **count**（計算）→不加以計算

》 **buy goods at a discount price** ／用折扣價購買商品

▶ **disgust** 【dɪs`gʌst】 图 厭惡

✖ **dis**（不是～）+ **gust**（喜好）→不是喜好

》 **feel disgust at** ～／對～感到厭惡

▶ **dislike** 【dɪs`laɪk】 動 討厭 图 討厭

✖ **dis**（不是～）+ **like**（喜歡）→不喜歡

》 **have no likes and dislikes** ／沒有特別的好惡

▶ **disadvantage** 【ˌdɪsəd`væntɪdʒ】 图 不利

✖ **dis**（不是～）+ **advantage**（好處）▶**2** →不是好處

》 **a great disadvantage to** ～／對～非常不利

10 【in-, im-】 →不是～

意味著「在～裡面」的 in 和 im，也有「不是～」的否定之意。在 l 前面，會變化成 il，在 r 前面，則會變化成 ir，例如 illegal（非法的）或 irregular（不定期的）。

in / im

▶ **informal** 【ɪnˋfɔrml】 形 非正式的、簡便的

✖ **in**（不是～）+ **form**（形式）▶46 + **al**（～的）→非形式的

》 **give an informal wedding party** ／舉行一個簡單的婚宴

▶ individual 【ˌɪndəˋvɪdʒʊəl】 形 個人的 名 個人

✖ in（不是～）+ divide（分開）+ al（～的）→無法分開

》 an individual difference ／個別的差異

▶ immortal 【ɪˋmɔrtl】 形 不死的、不朽的

✖ im（不是～）+ mortal（死）→命不該絕

》 an immortal masterpiece ／不朽名作

▶ impolite 【ˌɪmpəˋlaɪt】 形 失禮的

✖ im（不是～）+ polite（禮貌）→不禮貌的

》 It's impolite to point at people. ／用手指著他人是很失禮的。

▶ impossible 【ɪmˋpɑsəbl】 形 不可能的

✖ im（不是～）+ possible（可能）→不可能

》 a problem impossible to solve ／不可能解決的問題

▶ imperfect 【ɪmˋpɝfɪkt】 形 不完整的

✖ im（不是～）+ perfect（完美的）▶39 →不完美

》 give an imperfect answer ／提出一個不完整的解答

11 【un-】 →不是～

原始印歐語系中，意味著「不是～」的 ne，經由拉丁語，變成 in 或 im，再經由希臘語，變成 a 或 an（若在母音前），再經過日耳曼語後，以 un 的形式進入英語。另外，表示否定的 no、not、nor、none、neither 等字，也可追溯至印歐語系的 ne。

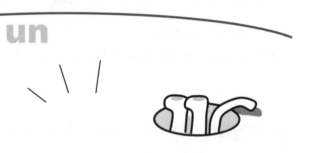

▶ **unfair**【ʌnˋfɛr】形 不公平的、不適當的

✖ **un**（不是～）+ **fair**（公平的）→不公平

》 an **unfair** treatment ／不當的對待

▶ **unlucky** 【ʌn`lʌkɪ】 形 運氣不好、不吉利

✖ **un**（不是～）+ **lucky**（幸運的）→不幸運

》 **an unlucky number** ／不吉利的數字

▶ **unlike** 【ʌn`laɪk】 介 和～不同、不像～　形 不像

✖ **un**（不是～）+ **like**（與～相像）→不像

》 **That's so unlike you.** ／那真不像你的風格。

▶ **unknown** 【ʌn`non】 形 不為人知的、不知名的

✖ **un**（不是～）+ **known**（被知道）→不被知道

》 **an unknown pianist** ／默默無聞的鋼琴家

▶ **unrest** 【ʌn`rɛst】 名 不安、不滿

✖ **un**（不是～）+ **rest**（休息）→無法休息

》 **political unrest** ／政治不安定

▶ **unbelievable** 【ˌʌnbɪ`livəb!】

形 不可置信的、讓人驚訝的

✖ **un**（不是～）+ **believe**（相信）+ **able**（可以～）

　　→不可置信

》 **That's unbelievable!** ／那實在叫人無法相信！

12 【counter-, contr-】

→相反地

contra 在拉丁語中是有「反對」之意的字首，在英語中，有時會變成 counter，例如，counterattack（反擊）、counterculture（反主流文化）、counterclockwise（逆時針方向的）等等。

counter

▶ **counter**【ˋkaʊntɚ】 形 相反的 動 反駁

✖ counter（相反的）

》 **in the counter direction** ／朝相反方向

▶ country 【ˋkʌntrɪ】 名 國家、土地、鄉村

✖ contra（對面的）+ terra（土地）→對面的土地

》 **developing** countries ／開發中國家

▶ countryside 【ˋkʌntrɪˏsaɪd】 名 鄉村

✖ country（國家〈對面的土地〉）+ side（旁邊）▶106
　→國家邊陲

》 **live in the** countryside ／住在鄉下

▶ contrast 【kənˋtræst】 動 對比
　　　　　　　　【ˋkɑnˏtræst】 名 對照、不一致

✖ contra（相反的）+ st(a)（站立）▶112 →站在對面

》 **a striking** contrast **between the two** ／兩者間的明顯差異

▶ contrary 【ˋkɑntrɛrɪ】 形 相反的

✖ contra（相反地）+ ary（～的）→相反的

》 contrary **views** ／相反意見

▶ controversy 【ˋkɑntrəˏvɝsɪ】 名 爭辯

✖ contro（相反地）+ vers（朝向）▶126 + y（行為）
　→朝向相反方向

》 **cause international** controversy ／引起國際紛爭

47

13 【con-, com-, co-】

→一起、徹底地

在拉丁語中，com 有著「大家一起～」、「在附近」、「徹底地」之意，在 c、d、f、g、j、n、q、s、t、v 等字母前，會變化成 con，在 l 之前，會變成 col，在 r 的前面會變成 cor，在母音或 h、gn 前面，會變化成 co。此外，一如 copilot（副駕駛）或 coworker（同事），和某個獨立的單字相連接時，會用 co。

▶ **complete** 【kəm`plit】 形 徹底的　動 完成

✂ **com**（徹底地）+ **plete**（滿足）

》 **complete renovation of the building** ／那棟建築的徹底改建

▶ **compose** 【kəm`poz】 動 作曲、組成

✖ com（一起）+ pose（放置）▶91
》compose **a lot of music** ／做了許多曲子

▶ **complex** 【`kamplɛks】 形 複雜的

✖ com（一起）+ plex（被折斷）→一起被折斷
》**a complex** problem ／一個複雜的問題

▶ **concentrate** 【`kansɛn,tret】 動 集中、專注

✖ con（一起）+ center（中心）+ ate（打造成～）
　　→大家一起朝向核心
》concentrate **on the job** ／專心工作

▶ **confess** 【kən`fɛs】 動 坦白、認同

✖ con（徹底地）+ fes(s)（說話）▶40 →全盤托出
》**He** confessed **his guilt.** ／他認罪了。

▶ **coworker** 【`ko,wɝkɚ】 名 同事

✖ co（一起）+ work（工作）+ er（人）
》**my former** coworker ／我的前同事

14 【syn-, sym-】

→一起、同時、一樣地

源自希臘語的 syn、sym（與～一起），意思相當於英語的 with。syn 放在 b、m、p 前面時，會變化成 sym。symphony（交響樂）原意為〈sym（一起）＋ phony（發出聲音）〉。

▶ **symphony**【ˋsɪmfənɪ】名 **交響樂、交響曲、和諧**

✂ **sym**（一起）＋ **phon**（聲音）＋ **y**（所做之事）→一起發出聲音

》 **He composed this symphony.** ／他做了這首交響樂。

▶ system 【`sɪstəm】 图 制度、組織、體系、方法

✖ sy（一起）+ stem（站立）

》 an educational system ／教育制度

▶ symbol 【`sɪmb!】图 符號、象徵

✖ sym（一起）+ bol（投擲）→投擲相同的東西 → 印記

》 The pigeon is a symbol of peace. ／鴿子是和平的象徵。

▶ symbolize 【`sɪmb!,aɪz】動 象徵、以符號表示

✖ symbol（象徵）+ ize（變成動詞）

》 The pigeon symbolizes peace. ／鴿子象徵和平。

▶ syndrome 【`sɪn,drom】图 併發症、症候群

✖ syn（一起）+ drome（跑步）

》 acquired immune deficiency syndrome ／後天免疫缺乏症候群（**AIDS**）

▶ symptom 【`sɪmptəm】图 症狀、徵兆

✖ sym（一起）+ ptom（掉落）

》 the initial symptoms of the disease ／那種疾病的初期症狀

15 【ex-, e-】 →向外

exorcist 指的是把惡魔從被附身者的身上趕走，ex 從古希臘語和拉丁語而來，意味著「從～」或「往外面」。若加在 b、d、g、i、j、l、m、n、r、s、v 之前，則會去掉 x。

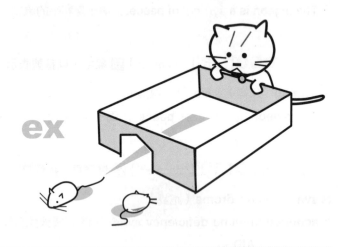

ex

▶ **exchange**【ɪksˋtʃendʒ】**動** 交換　**名** 交換

✖ **ex**（向外）+ **change**（交換）→賣掉以替換

》 **exchange** yen for dollars ／把日圓換成美金

▶ **exciting** 【ɪkˋsaɪtɪŋ】形 興奮、歡欣雀躍

✖ **ex**（向外）+ **cite**（喚醒）+ **ing**（正在～）→喚起心情

》 **hear exciting news** ／聽到令人振奮的消息

▶ **example** 【ɪgˋzæmpl】名 例子

✖ **ex**（向外）+ **am**（拿取）+ **ple**（小東西）→取出的東西

》 **Show me an example.** ／請給我一個例子。

▶ **excel** 【ɪkˋsɛl】動 擅長

✖ **ex**（向外）+ **cel**（高聳）→高高聳立

》 **He excels in math.** ／他的數學很好。

▶ **excellent** 【ˋɛkslnt】形 非常優秀、優異的

✖ **ex**（向外）+ **cel**（高聳）+ **ent**（～的）→高高聳立的

》 **That's an excellent idea.** ／那是個非常棒的想法。

▶ **excuse** 【ɪkˋskjuz】名 藉口　動 允許

✖ **ex**（向外）+ **cuse**（訴訟）→逃離訴訟

》 **Excuse me for being late.** ／不好意思，我遲到了。

16 【inter-】 →～之間、互相

inter 源自古希臘語和拉丁語，很多單字的字首後來都轉變成意味著「在～裡面」的 en 或 in，例如意味著「進入～內」的 enter 語源就是 inter。

▶ **international** 【ˌɪntɚˋnæʃənl】 形 國際的

✖ **inter**（～之間）+ **nation**（國家）▶52 + **al**（～的）
　→國與國之間

》 **international relations** ／國際關係

▶ Internet 【`ɪntə,nɛt】 名 網路

✖ international（國際性的）network（網路）的複合字
》 **Look it up on the Internet.** ／上網搜尋一下。

▶ interval 【`ɪntəvḷ】 名 間隔、隔閡

✖ inter（～之間）+ val（牆）→牆壁之間
》 **at regular intervals** ／一定的間隔

▶ interview 【`ɪntə,vju】 名 訪問、面試

✖ inter（～之間）+ view（看）▶123 →互相看彼此
》 **have an interview with ～**／跟～面試

▶ intercontinental 【,ɪntə,kɑntə`nɛntḷ】
形 大陸之間的

✖ inter（～之間）+ continent（大陸）+ al（～的）
》 **intercontinental ballistic missile** ／洲際彈道飛彈
　（ICBM）

▶ interest 【`ɪntərɪst】 名 關心、興趣、利息
動 引起興趣

✖ inter（～之間）+ est（有）→出現利害 →利益 →關心
》 **show interest in English** ／表現出對英文的興趣

55

17 【pre-, pro-】

→在～之前

在原始印歐語中，表示「在～之前」、「在～前面」的 per 後來變化出了 pre 和 pro 兩個字首，意味著時間方面的「在～之前」，或場所方面的「位於～前方」。例如 presentation 的原意是〈pre（眾人之前）+ sent（在）+ tion（行動）〉。

pre / pro

▶ **present**【`prɛznt】形 現在的、出席

【`prɛznt】名 現在、禮物

【prɪ`zɛnt】動 呈獻

✖ **pre**（在～前面）+ **sent**（有）→在眼前、位於眼前

》 **Tell me your present address.**／請告訴我現在的住址。

▶ **preface** 【`prɛfɪs】 名 序文

✖ **pre**（在～之前）+ **face**（說話）▶40 →事前說話

》 **write a preface to a book** ／撰寫書的序文

▶ **prewar** 【pri`wɔr】 形 戰前的

✖ **pre**（在～之前）+ **war**（戰爭）

》 **the prewar economy** ／戰前的經濟

▶ **professor** 【prə`fɛsə】 名 教授

✖ **pre**（在～前面）+ **fess**（說話）▶40 + **or**（人）→在學生面前表達己見的人

》 **a professor of linguistics** ／語言學教授

▶ **protect** 【prə`tɛkt】 動 保護

✖ **pre**（在～前面）+ **tect**（覆蓋）

》 **protect the environment** ／保護環境

▶ **provide** 【prə`vaɪd】 動 提供

✖ **pre**（在～之前）+ **vide**（看）▶123 →事先看

》 **Cows provide us with milk.** ／母牛為我們提供牛奶。

18 【for(e)-】 →在～之前

介系詞或連接詞 before 代表「在～之前」或「做～之前」之意，before 當中的 fore 意味著「在～之前」。far（遠）或 first（第一的）和 fore 具相同語源。和 pre 或 pro 一樣，都可追溯至在原始印歐語系中象徵「在～前面」、「在～之前」的 per。

fore

▶ **foresight** 【`for,saɪt】图 先見之明

✖ **fore**（在～之前）+ **sight**（看）

》 **have** foresight ／有先見之明

▶ forehead 【`for,hɛd】 名 額頭

✂ fore（在～之前）+ head（頭）

》 **have a high** forehead ／額頭很高

▶ foremost 【`for,most】 形 最重要的

✂ fore（在～之前）+ most（最～）

》 **the** foremost **authority on etymology** ／最重要的語源學者

▶ forward 【`fɔrwəd】 副 往前方

✂ for（在～之前）+ ward（朝向～）

》 **Take a step** forward. ／請往前跨一步。

▶ foresee 【for`si】 動 預見、預想

✂ fore（在～之前）+ see（看）

》 foresee **the results** ／預見結果

▶ former 【`fɔrmə】 形 前方的　名 前者

✂ form（在～之前）+ er（更～）

》 former **President Obama** ／前總統歐巴馬

19 【re-】 →再度、在後面

re 源自拉丁語，經由法語，再進入英語，原意是「回到原來的地方」，後來又衍生出「再度」的意思。也帶有從「再度」、「多次」發展出的「徹底地」這種強烈意思。

▶ **recycle**【 rɪˋsaɪk! 】**動** 再利用

✂ **re**（再度）+ **cycle**（轉動）▶**24** →轉動好幾次

》 **recycled paper**／再生紙

▶ recall 【rɪˋkɔl】 動 想起、回收　名 回想、回收

✖ re（再度）+ call（呼叫）→ 喚回

》 I can't recall his name. ／我想不起他的名字。

▶ refund 【rɪˋfʌnd】 動 歸還、退還
【ˋri,fʌnd】 名 退費

✖ re（再度）+ fund（底部）▶48 → 回到底部

》 ask for a refund ／要求退費

▶ refresh 【rɪˋfrɛʃ】 動 提振精神、變得清新

✖ re（再度）+ fresh（變新鮮）→ 再度變得新鮮

》 feel refreshed ／變清爽

▶ reply 【rɪˋplaɪ】 名 回覆　動 回答

✖ re（再度）+ ply（折）→ 折返

》 get a reply from the company ／從公司得到回覆

▶ recruit 【rɪˋkrut】 動 招募　名 新會員、新兵

✖ re（再度）+ cruit（成長）▶30 → 再度成長

》 recruit able staff ／招募優秀人才

20 【sub-】 →在～下方、其次

sub 在拉丁語中乃「位於～下方」或「由下往上」之意，之後又衍生出「其次的」或「次要的」之意。在 f、g、p 之前，分別會變化成 suf、sug、sup，在 c、p、t、s 前，則會變化成 sus。

sub

▶ **submarine**【ˋsʌbməˌrin】

名 潛水艇　形 海底的

✂ **sub**（在～下方）+ **marine**（海洋）→海洋下方

》 **submarine plants** ／海底植物

▶ **subway** 【ˋsʌb,we】图 地下鐵、地下道

✂ **sub**（在～下方）+ **way**（道路）→道路下方

》 **go by** subway ／搭地下鐵前往

▶ **subcontinent** 【sʌbˋkɑntənənt】图 次大陸

✂ **sub**（次要）+ **continent**（大陸）→大陸之次

》 **India is a** subcontinent. ／印度是次大陸。

▶ **subtitle** 【ˋsʌb,taɪt!】图 字幕、副標題

✂ **sub**（次要）+ **title**（標題）→次要標題

》 **watch a movie with English** subtitles ／看有英文字幕的電影

▶ **suburban** 【səˋbɝbən】形 郊外的

✂ **sub**（次要）+ **urban**（都市）→都市附近的

》 **live in a** suburban **area** ／居住在郊外

▶ **subcommittee** 【ˋsʌbkə,mɪtɪ】
图 小組委員會、專門小組

✂ **sub**（次要）+ **committee**（委員會）→委員會之次

》 **a member of the** subcommittee ／小組委員會的一員

21 【super-】

→ 在上方、超越

原始印歐語中，意味著「在上方」、「超越」、「在對面」的 uper 進入拉丁文，和具有「在上方」之意的 sur 結合，變化成 super。uper 是英語 over（超越）的起源。

▶ **superhuman**【͵supɚˋhjumən】形 超人的

✂ **super**（超越的）+ **human**（人類）→超越人類的

》 **have a superhuman ability** ／擁有超人的能力

▶ supermarket 【ˋsupɚˎmɑrkɪt】 名 超級市場

✂ super（超越）+ **market**（市場）→超越市場的

》 **run a supermarket** ／經營超級市場

▶ supernatural 【ˎsupɚˋnætʃərəl】 形 超越自然的

✂ super（超越）+ **natural**（自然的）▶52 →超越自然的

》 **supernatural phenomenon** ／超自然現象

▶ superhighway 【ˎsupɚˋhaɪˎwe】 名 高速公路

✂ super（超越）+ **highway**（幹道）→超越幹道的

》 **drive on the superhighway** ／駕駛在高速公路上

▶ superior 【səˋpɪrɪɚ】 形 更優越的

✂ super（超越）+ **ior**（更～）→比～更好的

》 **This is superior to that.** ／這個比那個更好。

▶ supervise 【ˋsupɚvaɪz】 動 指導

✂ super（超越）+ **vise**（看）▶123 →從上面看

》 **supervise the employees** ／指導員工

22 【sur-】 →在上方、超越

和意味著「在上方」、「超越」的 super 來自相同語源，經由法語，變化成 sur 後進入英語。sirloin steak（沙朗牛排）的 sirloin，語源便是〈sir（在上方）+ loin（腰）〉，指的是牛隻腰部上方較軟的肉。

▶ **surname**【ˋsɝˎnem】图 姓氏

✖ **sur**（在上方）+ **name**（名字）→在名字上方的東西
》**Smith is my surname.** ／我姓史密斯。

▶ surcharge 【`sɝ͵tʃɑrdʒ】图 額外費用

✖ sur（在上方）+ charge（費用）→超過費用的部分
》 fuel surcharge ／燃油附加費

▶ surplus 【`sɝpləs】图 盈餘、剩餘

✖ sur（在上方）+ plus（外加額）→超過外加額的部分
》 a trade surplus ／貿易順差

▶ surface 【`sɝfɪs】图 表面

✖ sur（在上方）+ face（臉）→臉孔上方
》 a plane surface ／平面

▶ surmount 【sə`maʊnt】動 戰勝、克服

✖ sur（在上方）+ mount（山）▶75 →站在山上
》 surmount physical disabilities ／克服身體上的障礙

▶ surround 【sə`raʊnd】動 包圍、環繞

✖ sur（在上方）+ ound（起浪）→溢出 →包圍
》 a village surrounded by forests ／被森林環繞的村莊

23 【trans-】 →超越

trans 在拉丁語中是具有「在對面」、「越過」、「橫穿過」之意的字首，through（通過～）、thorough（徹底的）、traffic（交通）也具相同語源。transformer（改革者）的原意是「造成變形的東西」。

trans

▶ **transplant** 【træns`plænt】 動 移植

【`træns,plænt】 名 移植

✘ **trans**（越過）+ **plant**（種植）→移植

》**a kidney** transplant ／腎臟移植

▶ transient 【`trænʃənt】 形 一時的、短期居住的

✖ trans（越過）+ it（前往）▶57 + ent（表示狀態）

》 transient visitors ／短期居留的觀光客

▶ transatlantic 【,trænsət`læntɪk】

形 橫越大西洋的

✖ trans（越過）+ Atlantic（大西洋）→橫跨大西洋

》 take a transatlantic flight ／搭乘橫越大西洋的航班

▶ translate 【træns`let】 動 翻譯

✖ trans（越過）+ late（搬運）

》 translate Japanese into English ／將日語翻譯成英語

▶ transfer 【træns`fɜ】 動 移動、轉移、轉任、轉乘

【`trænsfɜ】 名 轉移、調換工作地點

✖ trans（越過）+ fer（搬運）▶41 →移動

》 transfer to London ／調到倫敦工作

▶ transform 【træns`fɔrm】

動 變形、改變　名 變化、變形

✖ trans（越過）+ form（形狀）▶46 →改變形狀

》 transform water into ice ／將水變成冰

24 【per-】 →透過～、徹底地

源自意味著「向前」、「事先」、「朝向～」的 pre，從朝向某個東西前進的概念，變化成帶有「完全地」或「透過～」的意思。

per

▶ **perform**【pə`fɔrm】**動** 實行、實現

✖ **per**（完整地）+ **form**（形狀）▶46 →打造成完整的形狀

》 **He performed his duty.** ／他完成了自己的義務。

▶ **performance**【pə`fɔrməns】

图 演出、表現、工作情況

✂ **per**（完整地）+ **form**（形狀）▶46 + **ance**（動作）

→打造成完整的形狀

》 **give an excellent** performance ／展現出色的表演

▶ **perfume**【pə`fjum】图 香水

✂ **per**（完全地）+ **fume**（煙燻）

》 **wear cheap** perfume ／擦上廉價香水

▶ **permanent**【`pɝmənənt】圈 永遠的

✂ **per**（完全地）+ **man**（停止）+ **ent**（～的）

》 **hope for** permanent **peace** ／祈求永久和平

▶ **perspective**【pə`spɛktɪv】

图 觀點、整體看法、透視法

✂ **per**（完全地）+ **spect**（看）▶101 + **ive**（行為）

》 **from a different** perspective ／從不同的觀點來看

▶ **perishable**【`pɛrɪʃəb!】圈 易腐壞的、易毀滅的

● **perish**【`pɛrɪʃ】動 腐朽、毀滅

✂ **per**（完全地）+ **ish**（=it，前往）▶57 + **able**（很容易就～）

》 perishable **food** ／容易腐壞的食品

25 【out-】→向外、更～

out 的原意為「向外」或「離開」，用來表示行為的開始。加在動詞前，則有「更～」或「長時間～」的意味，例如 outrun，表示「跑得比～快」，outgrow 則有「因為長大，所以（衣服）變得不合身了」之意。

▶ **outcome** 【`aʊt͵kʌm】图 結果

✄ **out**（向外）+ **come**（來）→來到外面的東西

》**the outcome of the war** ／戰爭的結果

▶ output 【ˋaʊtˏpʊt】图 產量

✂ out（向外）+ put（放置）→ 放在外面的東西

》 **the factory's weekly output** ／工廠一週的產量

▶ outbreak 【ˋaʊtˏbrek】图 爆發、突然發生

✂ out（向外）+ break（崩裂）→ 向外崩裂的東西

》 **the outbreak of the war** ／戰爭的爆發

▶ outdoors 【ˋaʊtˋdorz】副 在戶外

✂ out（向外）+ doors（門）→ 在門外

》 **sleep outdoors** ／露宿

▶ outline 【ˋaʊtˏlaɪn】图 概要、輪廓　動 描述要點

✂ out（向外）+ line（線）→ 外面的線

》 **an outline map of Taiwan** ／台灣的簡圖

▶ outlive 【aʊtˋlɪv】動 比～更長壽

✂ out（更～）+ live（活）

》 **He outlived his wife.** ／他比他的妻子更長壽。

26【under-, infra-】

→在～下方、在下方

under 由拉丁語中象徵「在～下方的」的 infra 變化而來，當成字首使用時，有「次一級的」、「少的」之意。波長比電波短的電磁波「紅外線」（infrared）原意就是「紅色之下」，被認為位於地底下的「地獄」則是 inferno。

▶ underground【ˋʌndɚˏgraʊnd】

形 地下的　名 地下、地下鐵

under（在下方）+ **ground**（地面）→地面下

》underground **shopping malls** ／地下購物中心

▶ underline 【ˌʌndəˋlaɪn】

動 在下方畫線　**名** 畫在下方的線

✂ **under**（在下方）+ **line**（線）→在下方畫線

》 **underline** the sentence ／在句子的下方畫線

▶ understand 【ˌʌndəˋstænd】**動** 理解

✂ **under**（在下方）+ **stand**（站立）▶112 →站在下方聽

》 **understand** French ／理解法語

▶ undertake 【ˌʌndəˋtek】**動** 接受

✂ **under**（在下方）+ **take**（拿取）→在下方接受

》 **undertake** the work ／接受那份工作

▶ infrastructure 【ˋɪnfrəˌstrʌktʃə】**名** 基礎建設

✂ **infra**（在下方）+ **struct**（站立）+ **ure**（行為）→在下方支持

》 **develop the** infrastructure ／發展基礎建設

▶ inferior 【ɪnˋfɪrɪə】**形** 比～更差

✂ **infra**（在下方）+ **ior**（更～）→比～更差的

》 **This is** inferior **in quality to that.** ／就品質來說，這個比那個更差。

27 【up-】 →在上方

up 來自原始印歐語中意味著「由下往上」的 upo。「提高等級」是 upgrade，其反義詞則為 downgrade（降低等級）。

up

▶ **uphill**【ˋʌpˋhɪl】形 往上的　副 上坡地

✂ **up**（在上方）+ **hill**（山丘）→ 在山丘上

》**on the uphill road** ／在上坡的路上

▶ **upstairs** 【`ʌp`stɛrz】副 上樓地　名 往上的樓梯

✖ up（在上方）+ stairs（樓梯）→往樓梯上方

》 go upstairs ／到樓上去

▶ **upper** 【`ʌpə】形 上方的、更高階的

✖ up（在上方）+ er（更～）→更高的

》 on the upper floor ／在上面的樓層

▶ **uppermost** 【`ʌpə,most】形 至上的

✖ upper（上方的）+ most（最～）→最上方的

》 on the uppermost floor ／在最高一層樓

▶ **upside** 【`ʌp`saɪd】名 上部、好的一面

✖ up（在上方）+ side（側）▶106 →上側

》 hold the book upside down ／把書拿反了

▶ **update** 【ʌp`det】動 打造成最新的東西、更新

✖ up（向上）+ date（日期）→讓日期從舊的改成新的
　→讓日期從舊的變成新的

》 update the data ／更新資料

28 【down-】 →在下方

down 和有「沙丘」之意的 dune 具相同語源，由來是「從山丘往下看」。山丘是住宅區，其下方有商業區，所以 downtown 有「鬧區」或「商業地區」的意思。

down

▶ **downhill**【`daʊn`hɪl】形 下坡的 副 下坡地

✘ **down**（在下方）+ **hill**（山丘）→在山丘下方

》 **a road running** downhill ／下坡道路

▶ **downstairs** 【ˌdaʊnˋstɛrz】副 下樓地

✖ **down**（在下方）+ **stairs**（樓梯）→在樓梯下方

》**Come downstairs.** ／到樓下來。

▶ **downward** 【ˋdaʊnwəd】副 往下方

✖ **down**（在下方）+ **ward**（朝向～）→往下方

》**Look downward.** ／往下看。

▶ **downstream** 【ˋdaʊnˋstrim】

副 順流地　形 下游的

✖ **down**（在下方）+ **stream**（河流）→在河流下方

》**go downstream in a boat** ／搭船到河川下游

▶ **downtown** 【ˌdaʊnˋtaʊn】副 往市中心、往鬧區

形 市中心的、鬧區的　名 市中心、鬧區

✖ **down**（在下方）+ **town**（城鎮）→位於住宅區下方的城鎮

》**Let's go downtown.** ／我們到市區去吧。

▶ **downsize** 【ˋdaʊnˋsaɪz】動 縮小規模、裁員

✖ **down**（往下）+ **size**（尺寸）→將尺寸改小

》**downsize the company** ／將公司縮編

29 【over-】→超過、跨越、太過～

over 從原始印歐語中意味著「在上方」、「超越」的 uper 發展而來。把 over 放在動詞前面，就會變成有「太過～」之意的動詞。如果是 oversleep，就是「睡過頭」，overeat 就是「吃太多」，overwork 就是「工作過度」的意思。

▶ **overseas** 【ˋovɚˋsiz】副 海外地

✖ **over**（超越）+ **seas**（海洋）→跨越海洋

》 **go** overseas ／出國

▶ **overnight** 【`ovə`naɪt】 副 通宵

✖ **over**（超越）+ **night**（夜晚）→越過夜晚

》 **work overnight** ／徹夜工作

▶ **overtake** 【,ovə`tek】 動 追過

✖ **over**（超越）+ **take**（抓住）→抓住後超越

》 **overtake the car** ／追過那輛車

▶ **overweight** 【`ovə,wet】 形 過胖的、超重的

✖ **over**（超越）+ **weight**（重量）▶124 →重量超過

》 **The baggage is overweight.** ／那件行李超重了。

▶ **overtime** 【,ovə`taɪm】 名 超時勞動

　　形 超時勞動的　副 在規定時間之外

✖ **over**（超越）+ **time**（時間）→超過時間

》 **work overtime** ／加班

▶ **overflow** 【,ovə`flo】 動 溢出

　　　　　　　　【`ovə,flo】 名 氾濫

✖ **over**（超越）+ **flow**（流動）▶45 →流動過多

》 **an overflowing river** ／氾濫的河川

30 【mis-】 →弄錯、弄壞

源自原始印歐語中代表「往錯誤方向前進」的 mei。「拿錯了」為 mistake，名詞是「錯誤」、「失敗」，動詞則為「弄錯」之意。和「趕不上」、「錯過」、「因為不在而感到寂寞」的 miss 是相同語源。

▶ **mistake** 【mɪˋstek】 **動** 弄錯　**名** 錯誤

✘ **mis**（弄錯）+ **take**（拿取）

》**drop a glass by mistake** ／不小心把杯子弄掉了

▶ misunderstand 【ˋmɪsʌndəˋstænd】 **動** 誤解

✘ mis（弄錯）+ understand（理解）

》 **I misunderstood what he said.** ／我誤解了他說的話。

▶ misfortune 【mɪsˋfɔrtʃən】 **名** 運氣不好、不幸

✘ mis（弄錯）+ fortune（運氣）

》 **a series of misfortunes** ／一連串的不幸

▶ mislead 【mɪsˋlid】 **動** 欺騙、誤導

✘ mis（弄錯）+ lead（引導）

》 **mislead her into buying a diamond** ／哄騙她買下鑽石

▶ misspell 【mɪsˋspɛl】 **動** 拼錯字

✘ mis（弄錯）+ spell（拼字）

》 **He's always misspelling words.** ／他常拼錯單字。

▶ misread 【mɪsˋrid】 **動** 誤讀

✘ mis（弄錯）+ read（讀）

》 **misread the sentence** ／把那句話讀錯了

31 【mal-】 →壞的

來自原始印歐語中代表「壞的」、「弄錯了」之意的 male。在亞熱帶、熱帶地區較常發生的「瘧疾」（malaria）便是來自「惡劣空氣」的義大利語。

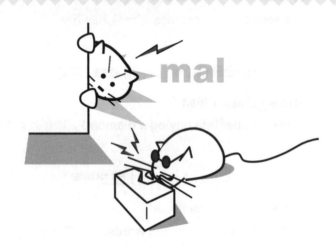

mal

▶ **malice** 【ˋmælɪs】 图 惡意

✘ mal（壞的）+ ice（狀態）

》 out of malice ／出於惡意地

▶ malicious 【məˋlɪʃəs】 形 帶有惡意、壞心的

✖ mal（壞的）+ ice（狀態）+ ous（～的）→壞的

》 He's malicious at heart. ／他是個壞心眼的人。

▶ malignant 【məˋlɪgnənt】 形 惡性的

✖ mal（壞的）+ gna（誕生）+ ant（～的）→生來就是壞的

》 a malignant cancer ／惡性腫瘤

▶ malign 【məˋlaɪn】 形 有害的

✖ mal（壞的）+ gen（誕生）▶51 →生來就是壞的

》 have a malign influence on ～／對～產生負面影響

▶ malady 【ˋmælədɪ】 名 弊病、疾病

✖ 擁有壞東西

》 a social malady ／社會的弊病

▶ malfunction 【mælˋfʌŋʃən】 名 機能失常

✖ mal（壞的）+ function（功能）→壞的功能

》 malfunction of liver ／肝功能障礙

32 【micro-】 →小的、微量的

在拉丁語中，micro 乃「小的」、「微小的」之意，百萬分之一公尺稱為 micron（微米）。「小型巴士」在英國稱為 minibus，在美國稱為 microbus。波長一公尺以下的電波稱為微波，英文為 microwave。

micro

▶ **microscope**【ˋmaɪkrə,skop】名 顯微鏡

✗ **micro**（小的）+ **scope**（看）→看小的東西

》 **look through a** microscope ／用顯微鏡觀看

▶ microscopic 【`maɪkrə`skɑpɪk】

形 用顯微鏡才能看到的、顯微鏡的

✖ micro（小的）+ scope（看）+ ic（～的）→看小的東西

》 microscopic creatures ／用顯微鏡才能看到的生物

▶ microphone 【`maɪkrə,fon】 **名** 擴音器、麥克風

✖ micro（小的）+ phone（聲音）→收集微小聲音的東西

》 a singer with a microphone ／拿著麥克風的歌手

▶ microbus 【`maɪkrə,bʌs】 **名** 小型巴士

✖ micro（小的）+ bus（巴士）→小型巴士

》 on a microbus ／在小型巴士上

▶ microwave 【`maɪkro,wev】

名 微波、微波爐　　**動** 使用微波爐加熱

✖ micro（小的）+ wave（波）→微弱的波

》 put it in the microwave ／放進微波爐中

▶ microcosm 【`maɪkrə,kɑzəm】

名 小宇宙、微觀世界

✖ micro（小的）+ cosmos（宇宙）→微小的宇宙

》 microcosm and macrocosm ／小宇宙和大宇宙

33 【multi-】 →多數的

multi 起源自拉丁語中代表「眾多」之意的 multus。在美國職棒大聯盟（Major League Baseball），multi-hit 指的是在一場比賽中擊出「一支以上的安打」。

multi

▶ **multiple** 【ˋmʌltəp!】 形 多數的　名 倍數

✖ multi（多數的）+ ple（折、重疊）→重疊好幾次

》 a multiple number ／倍數

▶ multitude 【`mʌltə,tjud】图 眾多

✖ multi（多數的）+ **itude**（狀態）→多數的狀態

》 **a multitude of problems** ／堆積如山的問題

▶ multiply 【`mʌltəplaɪ】動 相乘、大量增加

✖ multi（多數的）+ **ply**（折、重疊）→重疊好幾次

》 **Multiply 5 by 3.** ／請把五乘以三。

▶ multilingual 【`mʌltɪˋlɪŋgwəl】图 多語的

✖ multi（多數的）+ **lingual**（語言的）→多語的

》 **multilingual speakers** ／能講多種語言的人

▶ multinational 【`mʌltɪˋnæʃən!】形 多國的

✖ multi（多數的）+ **national**（國家的）▶52 →多國的

》 **a multinational corporation** ／跨國公司

▶ multifunctional 【ˌmʌltɪˋfʌŋkʃn!】形 多功能的

✖ multi（多數的）+ **function**（功能）+ **al**（～的）
→多功能的

》 **in the multifunctional room** ／在多功能房間

34 【uni-】 →一個

uni 在拉丁語中代表「一」，經由法語進入英語。額頭上有一根長長的角，長得很像馬或小羊的傳說動物「獨角獸」，英文為 unicorn。

uni

▶ **universe** 【`junə,vɝs】 图 宇宙

✂ **uni**（一個）+ **verse**（旋轉）▶126 →繞著一個核心旋轉的東西

》 **the origin of the** universe ／宇宙的起源

▶ unique 【ju`nik】形 唯一的、獨特的

✖ uni（一個）+ que（～的）→只有一個

》 **a plant unique to the island** ／那個島嶼特有的植物

▶ union 【`junjən】名 結合、聯邦、工會

✖ uni（一個）+ on（狀態）→一個的狀態

》 **a member of the labor union** ／工會會員

▶ reunion 【ri`junjən】名 重聚

✖ re（再度）+ uni（一個）+ on（狀態）→再度成為一體的狀態

》 **a class reunion** ／同學會

▶ united 【ju`naɪtɪd】形 聯合的

✖ uni（一個）+ ite（打造成～）+ ed（被～）→聚集在一起

》 **the United States** ／合眾國

▶ unit 【`junɪt】名 單位、元件、部門

✖ uni（一個）+ it（東西）→合而為一的東西

》 **the smallest social unit** ／組成社會的最小單位

35【mono-】→一

在拉丁語中，「一」為 uni，相對於此，希臘語的「一」是 mono。monaural（單聲道）的語源是〈mono（一）+ aural （聽覺的）」，意思是只用一個擴音器或喇叭放出聲音。 只有一條軌道的交通工具稱為 monorail（單軌列車）。

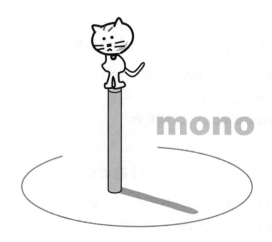

mono

▶ **monolingual**【͵mɑnəˋlɪŋgwəl】形 單語的

✖ **mono**（一）+ **lingual**（語言的）

》**monolingual speakers** ／只能說一種語言的人

▶ **monochrome** 【 `manə,krom 】

形 單色的、黑白的　名 單色畫法、黑白照片

✗ **mono**（一）+ **chrome**（顏色）→ 單色

》 monochrome **pictures** ／黑白照片

▶ **monocycle** 【 `manə,saɪkl 】名 單輪車

✗ **mono**（一）+ **cycle**（輪子）▶24 → 單輪

》 **ride a** monocycle ／騎單輪車

▶ **monopoly** 【 mə`naplɪ 】名 獨占（權）

✗ **mono**（一）+ **poly**（販賣）→ 一人獨自販賣

》 **gain a** monopoly ／取得獨占權

▶ **monotone** 【 `manə,ton 】名 單調、單音調

✗ **mono**（一）+ **tone**（音調）▶122 → 一個音

》 **read in a** monotone ／以同一個音調來閱讀

▶ **monotonous** 【 mə`natənəs 】

形 單調的、無趣的

✗ **mono**（一）+ **ton**（音調）▶122 + **ous**（～的）→ 一個
音調的

》 **live a** monotonous **life** ／過著單調的生活

36 【bi-】 →二

bi 在拉丁語中是「二」的意思。biscuit（餅乾）指的是「烤了兩次的東西」，bicycle（腳踏車）有兩個車輪。將越野滑雪和射擊這兩種運動競技加以組合的競技項目稱為 biathlon（冬季兩項），athlon 在古希臘語中是「競技」的意思，athlete 是「運動選手」，athletic 則是「運動競技的」之意。

bi

▶ **bilingual**【baɪˋlɪŋgwəl】形 使用兩種語言的

✂ **bi**（二）+ **lingual**（語言的）→兩種語言的

》**receive a bilingual education** ／接受雙語教育

▶ **bimonthly** 【 `ˋbaɪˋmʌnθlɪ` 】

形 兩個月一次的　副 隔月地

✖ **bi**（二）+ **month**（月）+ **ly**（～的，～地）→兩個月的

》**a bimonthly magazine** ／雙月刊

▶ **biweekly** 【 baɪˋwiklɪ 】 形 兩週一次的　副 隔週地

✖ **bi**（二）+ **week**（一個禮拜）+ **ly**（～的、～地）→兩個禮拜的

》**a biweekly publication** ／隔週發行一次的刊物

▶ **bisexual** 【 `ˋbaɪˋsɛkʃʊəl` 】 形 雙性的、雙性戀的

✖ **bi**（二）+ **sex**（性）+ **al**（～的）→擁有兩種性別

》**a bisexual animal** ／雙性動物

▶ **biannual** 【 baɪˋænjʊəl 】

形 一年兩次的、半年一次的

✖ **bi**（二）+ **ann**（年）+ **al**（～的）→一年兩次的

》**hold a biannual meeting** ／召開半年度的會議

▶ **bicentennial** 【 ˏbaɪsɛnˋtɛnɪəl 】

形 兩百週年的　名 兩百週年紀念

✖ **bi**（二）+ **cent**（百）+ **enn**（年）+ **ial**（～的）→兩百年的

》**a bicentennial anniversary** ／兩百週年紀念

37 【dou-, du-】→二

在原始印歐語中代表「二」的 dwo，到了拉丁語中變化成 dou、duo、du，在英語中則變成類似原來模樣的 two。「二重唱」或「二重奏」稱為 duet 或 duo，兩人間的戰鬥或決鬥稱為 dual。

dou

▶ **double**【ˋdʌbl!】图 兩倍　形 兩倍的

　　　　　　　　　　副 兩倍地　動 變成兩倍

✖ **dou**（二）+ **ble**（重疊）→兩個重疊

》 **a double door**／雙重門

▶ doubt 【daʊt】名 懷疑　動 懷疑

✖ 從兩個裡面來選擇 →猶豫

》 I doubt it. ／我覺得很懷疑。

▶ doubtful 【`daʊtfəl】形 可疑的、令人疑惑的

✖ doubt（懷疑）+ ful（滿滿的）→充滿懷疑

》 a doubtful character ／可疑人物

▶ undoubtedly 【ʌn`daʊtɪdlɪ】

副 無庸置疑地、無疑地

✖ un（～不是）+ doubt（懷疑）+ ed（被～）+ ly（～地）

》 She is undoubtedly the best singer. ／她肯定是最好的歌手。

▶ doubtless 【`daʊtlɪs】副 恐怕、無疑地

✖ doubt（懷疑）+ less（沒有～）→沒有懷疑

》 Doubtless he will succeed. ／他一定會成功。

▶ duplicate 【`djuplə,ket】動 複製

【`djupləkɪt】形 複製的　名 副本

✖ du（二）+ plicate（折）→折成兩個

》 duplicate this file ／複印這份資料

38 【tri-】→三

「三重唱」或「三重奏」是 trio，例如連續進行長泳、騎自行車、長跑這三種競賽項目的運動稱為「鐵人三項」（triathlon）。tri 在拉丁語和希臘語中是「三」的意思，在英語中則寫成 three。

tri

▶ **tricycle**【ˋtraɪsɪkḷ】图 **三輪車**

✂ **tri**（三）＋ **cycle**（輪子）▶24 →三個輪子

》**play on a tricycle** ／搭乘三輪車玩耍

▶ trilingual 【traɪˋlɪŋgwəl】形 使用三種語言的

✖ tri（三）+ lingual（語言的）→ 三種語言的

》 a trilingual novelist ／能說三國語言的小說家

▶ triple 【ˋtrɪp!】形 三倍的　名 三倍

✖ tri（三）+ ple（重疊）→ 三個重疊

》 set a world record in the triple jump ／打破三級跳遠的世界紀錄

▶ trivia 【ˋtrɪvɪəm】名 很小的事、五花八門的資訊

✖ tri（三）+ via（道路）→ 許多人聚集在三岔路

》 a trivia quiz ／機智問答

▶ trivial 【ˋtrɪvɪəl】形 微小的、平凡的

✖ trivia（微小的事）+ al（～的）→ 微小的

》 a trivial problem ／細微的問題

▶ tricolor 【ˋtraɪˏkʌlə】

名 三色旗、法國國旗　形 三種顏色的

✖ tri（三）+ color（顏色）→ 三種顏色的

》 the French tricolor ／法國國旗

39 【semi-, hemi-】

→一半

英文的標點符號中，「:」是冒號，「;」是冒號的一半，「;」的英文是 semicolon（分號），「半導體」則是 semiconductor。semi 在拉丁語中是「一半」的意思，在希臘語中，「一半」是 hemi。

hemi
semi

▶ **semiprofessional**【ˌsɛmɪprə`fɛʃən!】

形 半職業性的

✖ **semi**（一半）+ **professional**（職業的）▶40

》 **a** semiprofessional **violinist**／半職業小提琴家

▶ **semisweet** 【ˌsɛmɪˋswit】 形 半糖的

✖ **semi**（一半）+ **sweet**（甜）

》 **semisweet chocolate** ／半糖巧克力

▶ **semifinal** 【ˌsɛmɪˋfaɪnḷ】 名 準決賽

✖ **semi**（一半）+ **final**（最後的）▶43 →決賽前的兩場比賽

》 **advance to a** semifinal ／打進準決賽

▶ **semicircle** 【ˌsɛmɪˋsɝkḷ】 名 半圓

✖ **semi**（一半）+ **circle**（圓）▶24

》 **draw a** semicircle ／畫一個半圓形

▶ **semiannual** 【ˌsɛmɪˋænjʊəl】

形 一年兩次的、持續半年

✖ **semi**（一半）+ **annual**（年度的）→一年的一半

》 **a** semiannual **medical check** ／一年兩次的健康檢查

▶ **hemisphere** 【ˋhɛməsˌfɪr】 名 半球

✖ **hemi**（一半）+ **sphere**（球）→半個球

》 **the northern** hemisphere ／北半球

⓻【cent-】 →百

在拉丁語中，cent 代表「百」。centimeter（公分）的長度是 meter（公尺）的百分之一。法國採用歐元前的貨幣單位是「法郎」，法郎的百分之一是 centime（生丁），義大利的貨幣單位「里拉」的百分之一是 centesimo（分）。

▶ **cent**【sɛnt】图 分、美分

✖一美元的百分之一就是美分（美分是美元最小的使用單位）

》**a 50-cent coin**／五十分銅板

▶ centigrade 【ˋsɛntəˌgred】 图 攝氏溫度

✖ centi（百）+ grade（等級）▶54

》 **thirty degrees** centigrade ／攝氏三十度

▶ centigram 【ˋsɛntəˌgræm】

图 公毫、百分之一公克

✖ centi（百）+ gram（書寫）▶58

》 **a** centigram **of cocaine** ／一公毫的古柯鹼

▶ century 【ˋsɛntʃʊrɪ】 图 一世紀、一百年

✖ cent（百）+ ury（狀態）

》 **in the 21st** century ／在二十一世紀

▶ centipede 【ˋsɛntəˌpid】 图 蜈蚣

✖ centi（百）+ pede（腳）

》 **I hate** centipedes. ／我非常討厭蜈蚣。

▶ centennial 【sɛnˋtɛnɪəl】

形 一百年的　图 一百週年紀念

✖ cent（百）+ enn（年）+ ial（～的）

》 **a** centennial **celebration** ／一百週年慶

ЧІ 【mil-】 →千

mil 在拉丁語中代表「千」。一毫米（millimeter）的長度為一公尺的一千分之一。一英里約一千六百公尺，若把左腳和右腳各往前走一步後（共計兩步）的距離當作一步，如此前進一千步的距離約為一英里。

▶ **mile**【maɪl】图 英里

✖ 一千步的距離

》**run 50 miles an hour** ／以時速五十英里的速度跑步

▶ **mileage** 【ˋmaɪlɪdʒ】 图 總里程數

✂ **mile**（英里）+ **age**（狀態）→英里的狀態（所謂總里程數，指的是固定時間內所行駛的里程數或飛行里程數。）

》 **My car has good mileage.** ／我的車很省油。

▶ **milestone** 【ˋmaɪl͵ston】

图 劃時代的事件、重要階段

✂ **mile**（英里）+ **stone**（石頭）→里程碑

》 **mark a milestone** ／成為劃時代的事件

▶ **million** 【ˋmɪljən】 图 一百萬

✂ **mil**（千）+ **lion**（擴大）→一千的一千倍

》 **five million dollars** ／五百萬美元

▶ **millionaire** 【͵mɪljənˋɛr】 图 百萬富翁

✂ **million**（一百萬）+ **aire**（人）→擁有一百萬美元的人

》 **become a millionaire** ／成為百萬富翁

▶ **millennium** 【mɪˋlɛnɪəm】 图 一千年

✂ **mill**（千）+ **enn**（年）+ **ium**（狀態）→每隔一千年要做的事

》 **for half a millennium** ／五百年

角色介紹
Character
Profile

【梅子】
當了 25 年的家庭幫傭，幾乎不曾把圍巾和三角頭巾拿下來。興趣是逛街和釣魚。夢想成為小說家，從來沒跟別人說起以前的事或她的家人。四十歲之後學會騎腳踏車，但到現在都還不會單手騎車。感覺她的生活非常簡單樸素，事實上私生活出乎意料地多采多姿。

【老鼠甚八一家】
某天搭上宅急便的車子，被誤送到這裡的鄉下老鼠一家。在家裡很強硬，但出了門就變得非常溫順。重視團體行動，每天都要在大家長甚八的跟前開早會、做收音機體操。喜歡的食物是冷掉的咖啡歐蕾和提拉米蘇。

第 **2** 章

字根 篇

【何謂字根？】

字根指的是構成單字意思的核心部分。
比方說，如果在表示「外面」的字首 ex
後面，加上代表「放置」的 pose，變成
expose，便有放在外面的「曝晒」之意；
如果加上代表「運送」的 port，變成
export，因為是運送到國外，就成了「出
口」；若加上有「前往」之意的 it，變
成 exit，就成了到外面去的「出口」；
如果加上有「按壓」之意的 press，變成
express，便是排出心情的「表達」之意。
本書收錄了學習語源時最重要的 126 個
字根。

1

actor

字根 ▶ ac(t), ag = 進行、驅使

意味著「行動」、「扮演」的 act 源自原始印歐語中代表「驅使」、「活動」的 ag。agent（代理人）意味代替某人執行某事的「代理者」、「密探」，agenda（議程）則代表應該執行的「政策」或「課題」。

▶ **actor**【ˋæktɚ】图 演員

✄ **act**（進行）+ **or**（人）

● act　動 行動、扮演　图 行動、幕、決議

》 **He's a stage actor.** ／他是舞台劇演員。

》 **He acted Hamlet.** ／他飾演哈姆雷特。

▶ active 【`æktɪv】形 活動性的

✂ act（進行）+ ive（～的）

→正在進行

● inactive　形 沒有在活動

》 **Cats are active at night.** ／貓總在夜晚活動。

▶ action 【`ækʃən】名 行動、行為

✂ act（進行）+ ion（行為）→進行

》 **a man of action** ／有行動力的人

▶ reaction 【rɪ`ækʃən】名 反應

✂ re（再度）+ act（進行）+ ion（行為）

→進行反應

● react　動 反應

》 **a chemical reaction** ／化學反應

▶ actually 【`æktʃʊəlɪ】副 實際上、坦白說

✂ act（進行）+ ual（～的）+ ly（～地）→確實進行

● actual　形 實際的

》 **I like him actually.** ／坦白說，我喜歡他。

advantage

字根 ▶ ant, anc = 之前、在～之前

在義大利料理中，「前菜」為 antipasto，起源自拉丁語的〈anti（之前）+ pasto（食物）〉，和帶有「對抗」、「反抗」之意的 anti 是相同語源，例如「反美」或「反美主義者」是 anti-American。

advantage

▶ **advantage**【əd`væntɪdʒ】

图 有利條件、優點、好處

✕ **adv**（朝向～）+ **ant**（往前）+ **age**（狀態）→往前一步的狀態

● **advantageous** 形 有利的

》 **He took** advantage **of my weakness.** ／他利用了我的弱點。

》 **It worked to my** disadvantage**.** ／那件事對我不利。

▶ **answer**【ˋænsɚ】**動** 回答　**名** 答案

✖ **an**（之前）+ **swear**（發誓）

》 **an** answer **to the problem** ／那個問題的答案

▶ **ancient**【ˋenʃənt】**形** 古代的

✖ **anc**（之前）+ **ient**（～的）→之前的

》 **learn** ancient **history** ／學習古代史

▶ **antique**【ænˋtik】**形** 骨董的　**名** 骨董

✖ **anti**（之前）+ **que**（～的）→之前的

》 **run an** antique **shop** ／經營古董店

▶ **ancestor**【ˋænsɛstɚ】**名** 祖先、祖宗

✖ **an**（之前）+ **ces**（前往）+ **or**（人）→先離去的人

》 **a remote** ancestor ／久遠的祖先

ankle

字根 ▶ **ank, ang = 角、彎曲**

anklet 的語源是〈ank（腳踝）+ let（小東西）〉，指的是「腳踝的裝飾」或「（高度到腳踝的）短襪」。字尾的 let 用來表示「小東西」，bracelet 或 armlet 為「手環」之意，booklet 為「小冊子」，hamlet 則從小屋變化成「小村莊」之意。

ankle

▶ **ankle**【ˋæŋk!】名 腳踝

❌ **ank**（角、彎曲）+ **le**（小東西）→彎曲的東西

》 **He twisted his ankle.** ／他扭傷腳踝了。

》 **He has a broken ankle.** ／他的腳踝骨折了。

▶ **angle** 【`æŋɡl̩】 名 角（度）

❌ **ang**（彎曲）+ **le**（小東西）

● **angular** 形 有角的

》 **a right** angle ／直角

▶ **triangle** 【`traɪˌæŋɡl̩】 名 三角形

❌ **tri**（三個）+ **angle**（角）

● **triangular** 形 三角形的

》 **a right-angled** triangle ／直角三角形

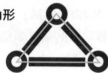

▶ **anchor** 【`æŋkɚ】 名 錨 動 以錨停泊

❌ **anch**（彎曲）+ **or**（東西）

》 **drop** anchor ／下錨

▶ **rectangle** 【rɛk`tæŋɡl̩】 名 長方形

❌ **rect**（筆直的）+ **angle**（角）→直角

● **rectangular** 形 長方形的

》 **a rectangular** building ／長方形大樓

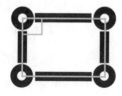

arm

字根 ▶ ar = 連結

arm 意味著與肩膀順暢接合之物，亦即「胳膊」，若改為複數形 arms，意思則從「透過順暢接合而打造出的東西」，轉變為「武器」。armadillo（犰狳）是現存唯一背部有著骨質甲殼的哺乳類動物，其名稱便來自西班牙語的「武裝之物」。

ar**m**

▶ **arm** 【arm】 名 胳膊、武器（複數形）動 武裝

● **armament** 名 武裝化、武器

》 **He caught me by the arm.** ／他抓住我的手腕。

》 **armed guards** ／武裝警衛

▶ army 【`armɪ】名 軍隊

✖ **arm**（武器）+ **y**（團體）

→擁有武器的團體

》 **go into the army** ╱加入軍隊（陸軍）

▶ alarm 【ə`larm】名 警報、恐懼、鬧鐘

✖ **al**（朝向〜）+ **arm**（武器）

→往武器的方向

》 **set the alarm for six** ╱

將鬧鐘設定在六點鐘

▶ disarmament 【dɪs`arməmənt】

名 解除武裝

✖ **dis**（不是〜）+ **arm**（武器）

+ **ment**（狀態）→沒有武器的狀態

● **disarm** 動 解除武裝

》 **nuclear disarmament** ╱核裁軍

▶ armor 【`armɚ】名 甲冑、盔甲

✖ **arm**（武器）+ **or**（物品）

》 **a man in armor** ╱穿戴著盔甲的男子

art

字根 ▶ ar = 連結

跟 arm（武器）一樣，art 的意思也從順暢連結轉變為「技術」或「藝術」，但也有像 artful（狡猾的）或 artificial（不自然的）一樣，帶有否定意味的單字。

▶ **art**【art】图 **藝術、美術、技術**

》 **fine art** ／藝術品

》 **get into art college** ／進入藝術大學

▶ artist 【`ɑrtɪst】 名 藝術家、畫家

✖ art（相互連結）+ ist（人）
　→將東西完美連結的人

》 **a famous** artist ／知名畫家

▶ artistic 【ɑr`tɪstɪk】 形 藝術性的

✖ art（相互連結）+ ist（人）+ ic（～的）
　→藝術家的

》 **have** artistic **talent** ／擁有藝術的天分

▶ artificial 【,ɑrtə`fɪʃəl】 形 人工的、不自然的

✖ art（相互連結）+ fic（打造）
　+ ial（～的）→連結後打造出的

》 **an** artificial **lake** ／人工湖

▶ article 【`ɑrtɪk!】 名 文章、物品、冠詞

✖ art（相互連結）+ cle（小東西）
　→將細部連結而成的東西

》 **read editorial** article ／閱讀社論

order

字根 ▶ or = 連結

在餐廳中「點菜」稱為 order，站在棒球打擊區的「順序」稱為 batting order（打擊順序），但 order 的原意也和 arm 或 art 一樣，為「完美連結出來的東西」。這個單字在過去代表「神職者的階級」。

order

▶ **order**【ˋɔrdɚ】

　　图 順序、點菜、命令、秩序　　動 點菜、命令

》 **in alphabetical** order ／以英文字母排序

》 **May I take your** order? ／可以為您點菜了嗎？

▶ **orderly** 【`ɔrdɚlɪ】 形 整齊的、有秩序

✖ **order**（順序）+ **ly**（～的）

→依照順序的

》 **in orderly rows** ／整齊排成一列

▶ **disorder** 【dɪs`ɔrdɚ】 名 混亂、障礙

✖ **dis**（不是～）+ **order**（順序）

→沒有依照順序

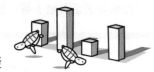

》 **a mental disorder** ／精神障礙

▶ **ordinary** 【`ɔrdn,ɛrɪ】 形 普通的

✖ **order**（順序）+ **ary**（～的）

→依照順序的

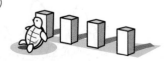

》 **ordinary people** ／一般人

▶ **subordinate**

【sə`bɔrdn,et】 動 放在下方

【sə`bɔrdnɪt】 形 地位較低的　名 部下

✖ **sub**（在下方）+ **order**（順序）

+ **ate**（～的）→順序較後面的

》 **a subordinate job** ／次要工作

auction

字根 ▶ au(g), auth = 增加

「拍賣者」為 auctioneer，若名詞的字尾為 eer，代表「相關的人」或「工作者」。類似的單字還有 engineer（工程師）、pioneer（先驅）、volunteer（志工）、electioneer（從事競選活動者）等，重音要放在 ee 的部分。

▶ **auction**【ˋɔkʃən】图 拍賣 勔 把～拍賣掉

》 **I bought this picture at auction.** ／我透過拍賣買到這幅畫。

》 **auctioned properties** ／拍賣的物件

▶ author【ˋɔθɚ】名 作者

auth（增加）+ or（人）

》a best-selling author／暢銷作家

▶ coauthor【koˋɔθɚ】名 共同作者

co（一起）+ auth（增加）+ or（人）

》the coauthor of my book／我的著作的共同作者

▶ authority【əˋθɔrətɪ】名 權威

auth（增加）+ or（人）+ ity（狀態）→身為增加的人

》an authority on linguistics／語言學的權威

▶ authorize【ˋɔθə,raɪz】動 授權、許可

authority（權威）+ ize（打造成～）→賜予權威

》authorize them to carry guns／允許攜帶槍枝

bar

字根 ▶ bar ＝ 橫木、棒子、律師

人們把「酒吧」稱為 bar，這個說法起源於美國西部拓荒時代。另外，因為法院的審判席和旁聽席之間放著一根橫木，所以 bar 也有「法院」之意。

bar

▶ **bar**【bar】名 棒子、橫木、障礙物、酒吧、律師業

動（以橫木）關閉、把～關在門外

》 **a bar to success** ／成功的阻礙

》 **pass the bar test** ／通過司法考試

▶ **bartender** 【`bɑr,tɛndə】 名 調酒師

✖ **bar**（酒吧）+ **tend**（照顧）+ **er**（人）

》 **work part-time as a bartender** ／
兼差當調酒師

▶ **barrier** 【`bærɪr】 名 障礙

✖ **bar**（棒子）+ **er**（物品）

→放下棒子，加以阻礙

》 **overcome the language**
barrier ／跨越語言的障礙

▶ **embarrass** 【ɪm`bærəs】 動 困窘

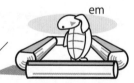

✖ **em**（裡面）+ **bar**（棒子）

→把棒子放在裡面

em

》 **ask an embarrassing question** ／
詢問讓人尷尬的問題

▶ **barrel** 【`bærəl】 名 桶、一桶的量

✖ 用橫木做成的東西

》 **a beer barrel** ／啤酒桶

base

字根 ▶ base = 基礎

所謂大本營（base camp），指的是登山或探險時用來作為基地，藉以儲存物資的固定設施或露營場，base 乃「基礎」、「地基」、「基地」之意，源自拉丁語的 basis（基礎）。bass 則是演奏低音部管絃樂器的總稱。

base

▶ **base**【bes】

名 基礎、地基、基地　動 打基礎　形 卑劣的

》 **a naval** base ／海軍基地

》 **It's** based **on a true story.** ／這是根據真實故事。

▶ **basement**【`besmənt】图 地下室

✖ **base**（地基）+ **ment**（狀態）
→低的地方

》**a food section in the** basement ∕
地下樓的食品賣場

▶ **basic**【`besɪk】形 基本的

✖ **base**（根基）+ **ic**（～的）
》basic **human rights** ∕基本人權

▶ **basis**【`besɪs】图 基礎、理由、制度

✖ 源自拉丁語的「基礎」之意
》**on a part-time** basis ∕
當作兼差工作

▶ **debase**【dɪ`bes】動 降低價值

✖ **de**（往下）+ **base**（基礎）→往下掉落
》debase **the euro** ∕歐元貶值

bat

字根 ▶ bat = 打

在棒球中，擊球稱為 bat，「打」或「敲擊」就是 batting，一如在拳擊中，頭部和頭部相撞的違規行為稱為 butting，bat 和 but 有著「打」或「撞」的意思。

bat

▶ **bat**【bæt】图 棒子　動 用棒子打、驅逐

》 **Nagashima is at bat.** ／現在，長島選手站上打擊區。

》 **Who bats next?** ／下一棒打者是誰？

▶ **battery** 【`bætərɪ】图 電池、砲台

❌ **bat**（打）+ **ery**（場所）→砲擊

　　→放電

》 **a solar** battery ／太陽能電池

▶ **battle** 【`bæt!】图 戰爭、鬥爭　動 戰鬥

❌ **bat**（打）+ **tle**（反覆）

　　→打了很多次

》 **win the** battle ／在戰爭中獲勝

▶ **beat** 【bit】

動 打敗、（多次）打擊

》 beat **the opponent** ／戰勝敵人

▶ **debate** 【dɪ`bet】图 討論（會）　動 討論

❌ **de**（往下）+ **bate**（打）

　　→朝下猛打

》 **the problem under** debate ／
　 辯論中的問題

flower

字根 ▶ flo(r), flour = 繁榮

flower（花）和 flour（麵粉）的發音完全相同，事實上，這兩個字原本是同一個字。因為花是燦爛又美好的東西，而小麥粉又是穀物粉中最好的，所以兩個字被混在一起使用。

flower

▶ **flower**【`flauɚ】图 花、開花　動（花朵）綻放

》 **Roses are in flower.** ／玫瑰花盛開。

》 **This flowers in August.** ／這花會在八月開。

▶ flour 【 flaʊr 】 图 小麥粉

❌ 最好的花粉

》 **Bread is made from flour.** ／麵包是用麵粉做成的。

▶ floral 【 `florəl 】 形 像花一樣的

❌ flor（花）+ al（～的）

》 **a floral pattern** ／花的圖案

▶ florist 【 `florɪst 】 图 花店

❌ flor（花）+ ist（人）

》 **She started her own florist shop.** ／她開了自己的花店。

▶ flourish 【 `flɝɪʃ 】 動 繁榮、長得很茂盛、活躍

❌ flour（花）+ ish（打造成～）→讓花朵綻放

》 **Roses start to flourish in May.** ／玫瑰五月開始綻放。

ball

字根 ▶ bal, bol = 吹、膨脹

有很多英文單字都源自原始印歐語中帶有「膨脹」之意的 bhel，包含 ball（球）、bullet（子彈）、belly（腹部）、boil（沸騰）、bull（公牛）等。bouldering（攀岩）是一種以最少的工具，登上岩石或石塊的運動，boulder 指的則是因為水的作用而形成角狀的巨大岩石。

ball

▶ **ball** 【bɔl】图 球、球體、投球

》**play** ball ／打棒球、宣布比賽開始

》**keep the** ball **rolling** ／持續進行（會話、工作等）

▶ **balloon** 【bəˋlun】

图 氣球、氫氣球

✖ **ball**（膨脹）+ **oon**（物品）→ 膨脹的東西

》 **a hot-air** balloon／熱氣球

▶ **bowl** 【bol】图 碗、缽盂

✖ 膨脹的東西

》 **have another** bowl **of rice**／再添一碗飯

▶ **ballot** 【ˋbælət】图 投票 動 進行投票

✖ **ball**（膨脹）+ **ot**（小東西）
→ 投票時使用的小球

》 **cast a** ballot **for the bill**／
針對法案投下贊成票

▶ **bold** 【bold】形 大膽的、粗體字的 图 粗體

✖ 膨脹→驕傲自大

》 **make a** bold **attempt**／
大膽嘗試

13 blanket

字根 ▶ bl(a) = 燃燒、閃耀

語源來自原意為「閃耀著白色光輝」或「突然燒起來」的原始印歐語 bhel。blanket（毛毯）的語源為〈blank（白色）+ et（小東西）〉。此外，從燃燒後的狀態，變化成黑暗模樣的相關單字，包括 black（黑色）和 blind（眼盲）。

▶ blanket【`blæŋkɪt】名 毛毯、覆蓋層

blank（白色）+ **et**（小東西）

》**an electric blanket**／電熱毯

》**a blanket of snow**／整片的雪景

▶ **blank** 【blæŋk】

形 空白的　名 空白處

✖ 閃耀著白色光輝的東西

》 **a blank page** ／空白頁

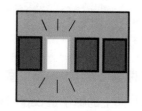

▶ **blazing** 【ˋblezɪŋ】

形 燃燒成鮮紅色、灼熱的

✖ **blaze**（燃起）＋ **ing**（正在～）

　→正在燃燒

》 **the blazing sun** ／灼熱的太陽

▶ **blond** 【blɑnd】

形 金髮的　名 留著金髮的人

✖ 頭髮閃閃發亮

》 **a slim blond woman** ／

　一位苗條的金髮女性

▶ **blush** 【blʌʃ】 動 臉上發紅　名 臉紅

✖ 臉龐燒起來

》 **She blushed at my joke.** ／

　她因為我說的笑話而臉紅。

cap

字根 ▶ cap(t), cup = 頭、抓住

戴在頭上的帽子是 cap，團隊的領導者是 captain，狀似頭形的蔬菜「高麗菜」是 cabbage，突出於陸地的尖頭部分「岬」是 cap，領導廚師的主廚稱為 chef，組織或團體的帶領者則是 chief。

cap

▶ **cap** 【kæp】图 帽子、（別針的）蓋子

》 **He took off his cap.** ／他把帽子脫了。

》 **She screwed off a cap.** ／她把蓋子轉開了。

▶ capital 【 `kæpət! 】

形 大寫字母的、主要的　名 首都、資本

✘ capt（頭）+ al（～的）

》 What's the capital of America? ／美國的首都是哪裡 ?

▶ escape 【 ə`skep 】 動 逃跑、避開　名 回避

✘ es（向外）+ cape（從頭蓋下的斗篷）→把斗篷脫下來丟掉

》 have a narrow escape ／
千鈞一髮的逃脫

▶ capacity 【 kə`pæsətɪ 】 名 容量、能力

✘ cap（抓住）+ ity（狀態）→能夠抓住

● capable　形 有能力

》 a man of great capacity ／
有超強才能的男性

▶ occupy 【 `ɑkjə,paɪ 】 動 占據（場所、空間、時間）

✘ o(c)（朝向～）+ cup（頭）→抓住頭

● occupation　名 職業

》 This seat is occupied. ／
這個位子有人坐。

135

car

字根 ▶ car, char = 奔跑

car（汽車）源自意味著奔跑的原始印歐語 kers。car 原本的意思是「運送物品的二輪馬車」，打造二輪馬車的人被稱為 carpenter，現在代表「木工」之意。

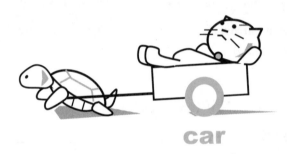

car

▶ **car**【kɑr】图車、汽車、車輛

》 **get into a car** ／上車

》 **a sleeping car** ／臥鋪車

▶ **career** 【kəˋrɪr】 名 經歷、職業

✖ 源自二輪馬車走過後留下的
　車輪痕跡

》 **She began her teaching career at 30.** ／她三十歲時開始擔任教職。

▶ **carry** 【ˋkærɪ】 動 運送

● carriage　名 馬車、運送

● carrier　名 物流公司、物流車

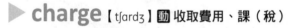

》 **Always carry your passport.** ／請隨身攜帶護照。

▶ **charge** 【tʃɑrdʒ】 動 收取費用、課（稅）

　　名 費用、支付

✖ 在貨車上堆放物品→造成負擔

》 **free of charge** ／免費

▶ **carpenter** 【ˋkɑrpəntɚ】

　　名 木工、打造二輪馬車的人

● carpentry　名 木工的工作、
　　　　　　　　木工手藝

》 **He's a carpenter by trade.** ／他的職業是木工。

course

字根 ▶ cur, cour = 奔跑

源自拉丁語的 cursus（奔跑），也可追溯到原始印歐語中含有「奔跑」之意的 kers。course 有很多種意思，包括「前進的道路」、「課程」、「經過」等等，許多情況皆會用到 course，例如 full course（全餐）、golf course（高爾夫球場）、course of typhoon（颱風路徑）、elite course（菁英之路）、entry course（入門課程）。

course

▶ **course**【kors】

图 球場、前進的道路、方針、課程

》 **take an advanced** course ／上進階課程

》 **serve a full-**course **dinner** ／提供套餐式晚餐

▶ current【`kɝənt】

形 現在的、現行的 **名** 水流

✖ cur（奔跑）+ **ent**（正在～）

→ 正在奔跑

》 **Who's the current President of Korea?** ／韓國的現任

總統是誰？

▶ currency【`kɝənsɪ】**名** 通貨、貨幣

✖ cur（奔跑）+ **ency**（行為）

→ 在社會中奔跑

》 **foreign currency** ／外幣

▶ occur【ə`kɝ】**動** 發生、出現、想起

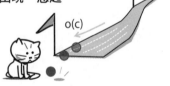

✖ o(c)（朝向～）+ **cur**（奔跑）

→ 朝著這裡跑過來

● **occurrence**　**名** 事件、發生

》 **A good idea occurred to me.** ／我想到一個好點子。

▶ excursion【ɪk`skɝʒən】**名** 遠足

✖ ex（向外）+ **cur**（奔跑）

+ **ion**（行為）→ 在外面到處奔跑

》 **They went on an excursion.** ／

他們去遠足了。

139

care

字根 ▶ care, cur(e) = 當心、關心

care 源自原始日耳曼語的「悲傷」、「擔心」之意。cure 在拉丁語中代表「關心」、「當心」，指甲的修護為 manicure，足部的護理則是 pedicure。

care

▶ **care** 【kɛr】 图 照顧、當心、擔心　動 留意

》 **Take care not to catch a cold.** ／小心不要感冒了。

》 **I don't care.** ／我不在意。

▶ careful 【`kɛrfəl】 形 非常謹慎

✂ care（當心）+ ful（充滿的）

● careless 形 不小心的

》 Be careful. ／小心一點。

▶ cure 【kjʊr】

图 治療、治療法 動 治療

》 I was cured of cancer. ／
我的癌症已經好了。

▶ secure 【sɪ`kjʊr】 形 無憂慮的、安全的

✂ se（離開）+ cure（當心）→不擔心

● security 图 警戒、安心

》 look for a secure job ／
找一份安定的工作

▶ curious 【`kjʊrɪəs】 形 好奇的

✂ cure（關心）+ ious（～的）

● curiosity 图 好奇心

》 He's curious to know the result.
／他對結果非常好奇。

chance

字根 ▶ cas, cid = 掉落

我們通常會用「天上掉下來的禮物」比喻意料之外的幸運或不勞而獲，意味著「良機」、「機會」的 chance，本來的意思是「碰巧掉落」，在原始印歐語中可追溯到有「掉落」之意的 kad。

chance

▶ **chance**【tʃæns】

图 機會、可能性、偶然　動 碰巧～

✖ 碰巧掉落

》 **There's no chance of rain.** ／完全不可能下雨。

》 **I chanced to meet him.** ／我碰巧遇見他。

▶ accident 【`æksədənt】 名 事故、意外

✖ a(c)（朝向～）+ cid（掉落）+ ent（表示狀態）

● accidental 形 意外的

● accidentally 副 意外地

》 He met with a traffic accident. ／他遇上交通事故。

▶ incident 【`ɪnsədnt】 名 插曲、事件、紛爭

✖ in（在～上面）+ cid（掉落）+ ent（表示狀態）→ 掉在～上

● incidental 形 意外的、附帶發生的

● incidentally 副 順帶地、順道

》 a racial incident ／種族紛爭

▶ coincidence 【ko`ɪnsɪdəns】 名 巧合

✖ co（一起）+ in（在裡面）+ cide（掉落）+ ence（狀態）→ 一起掉落

● coincide 動 同時發生

● coincident 形 同時發生的

● coincidentally 副 碰巧地

》 What a coincidence! ／真是太巧了！

▶ casual 【`kæʒʊəl】 形 偶然的、隨意的、簡略的

✖ cas（掉落）+ ual（～的）

　→ 掉落下來

》 a casual meeting ／偶然的相遇

cast

字根 ▶ cast = 投擲

說到 casting，在釣魚用語中是「甩竿釣法」，在話劇用語中則有「選角」的意思。cast 有「投擲」的意思，newscaster 即「新聞播報員」之意。

cast

▶ **cast**【kæst】**動** 投擲、拋、選角

　　　　　　　名 分配角色、擲骰子、投擲

》 **The die has been cast.** ／骰子被丟出去了。

》 **an all-star cast** ／豪華的明星陣容

▶ casting【ˋkæstɪŋ】

图 選角、甩竿釣法

✂ cast（投）+ ing（行為）→投擲

》 a casting vote ／決定性的一票

▶ forecast【ˋfor,kæst】

動 預報　图 預報

✂ fore（事前）+ cast（投擲）→預先投擲

》 a weather forecast ／天氣預報

▶ broadcast【ˋbrɔd,kæst】動 播放、廣播

✂ broad（寬廣的）+ cast（投擲）
　 →全國性投擲

》 broadcast the concert live ／
　 現場轉播音樂會

▶ miscast【mɪsˋkæst】動 不適當的選角

✂ mis（錯誤）+ cast（投擲）
　 →在投擲角色時發生錯誤

》 The film is miscast. ／
　 那部電影的選角有問題。

access

字根 ▶ cess = 前往、讓與

necessary（必要的）的語源為〈ne（不是～）+ cess（讓與）+ ary（～的）〉，來自「無法讓與」之意。access 則源自〈a(c)（朝向～）+ cess（前往）〉，指的是前往某個場所的「路徑」或「交通方式」，在電腦用語中，用來表示連接上網路或系統。

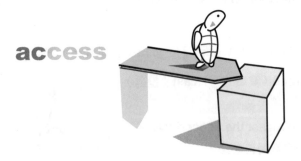

access

▶ **access**【`æksɛs】

名 接近（方法）、利用的權利　　動 使用

✂ **a(c)**（朝向～）+ **cess**（前往）

》**have access to the Internet**／可以使用網路

》**access the Internet**／連上網路

▶ **success**【sək`sɛs】名 成功

✂ **su(c)**（往下）+ **cess**（前往）→往下繼續

● **successful** 形 成功的

● **successive** 形 連續的

》 **success in business** ／事業成功

▶ **excess**【ɪk`sɛs】名 超過、過量

✂ **ex**（朝外）+ **cess**（前往）

　　→到外面去

● **excessive** 形 過分的、過度的

》 **excess baggage** ／超重行李

▶ **process**【`prɑsɛs】名 過程、工程　動 加工處理

✂ **pro**（往前）+ **cess**（去）

　　→前進的過程

》 **in process of construction** ／

　　建造的過程

pro

▶ **recess**【rɪ`sɛs】名 休息（時間）

✂ **re**（向後）+ **cess**（前往）

》 **have a short recess** ／小憩片刻

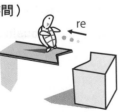

re

succeed

字根 ▶ ceed, cede = 前往、讓與

seccess（成功）的動詞 succeed 為「成功」之意，它的語源
是〈suc（往下）＋ ceed（前往、讓與）〉，也有「繼承」、
「承接」的意思。有「繼承」之意的 succeed 名詞為
succession（繼承、連續），形容詞為 successive（連續的）。

succeed

▶ **succeed**【səkˋsid】**動** 繼承、成功

✂ su(c)（往下）＋ **ceed**（前往）→往下繼續

》 **succeed to the family business** ／繼承家業
》 **succeed in business** ／在事業上獲得成功

▶ **exceed**【 ɪkˋsid 】 動 超過

✖ **ex**（向外）+ **ceed**（前往）

→到外面去

》 **exceed the speed limit** ／超速

▶ **proceed**【 prəˋsid 】 動 前往、前進、持續

✖ **pro**（往前）+ **ceed**（前往）

→向前行

》 **proceed to the gate for boarding** ／

前往搭乘處

▶ **cease**【 sis 】 動 結束、辭去

✖ 轉讓→停止

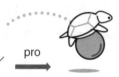

》 **Cease fire!** ／停止攻擊！

▶ **decease**【 dɪˋsis 】 名 死亡　動 死去

✖ **de**（離開）+ **cease**（前往）→不在了

》 **the souls of the deceased** ／亡者之魂

receive

字根 ▶ **ceiv, cept, cip = 抓住**

recipe（食譜）在拉丁語中為「（命令他人）接受」之意，原本指的是醫師開給藥劑師的「處方箋」，後來被引申為「料理方式」。recipe 除了有「料理方式」之意，也意味著可以創造出好結果的「祕訣」或招致壞結果的「原因」。

receive

re

▶ **receive** 【rɪˋsiv】 **動 接受**

✖ **re**（在後面）+ **ceive**（抓住）→ 在後面接受

● **reception** **名 接待、宴會**

》 **receive** the letter ／收到信件

》 **check in at the** reception ／在接待櫃台辦理住房手續

▶ except 【ɪkˋsɛpt】 介 除了～以外

✖ **ex**（向外）+ **cept**（抓住）

→抓住之後拿到外面

● **exception** 名 例外

》 **everyone except you** ／除了你之外的所有人

▶ accept 【əkˋsɛpt】 動 接受

✖ **a(c)**（代表動作的對象）+ **cept**（抓住）

● **acceptable** 形 可接受的

》 **accept the offer** ／接受這份報價

▶ concept 【ˋkɑnsɛpt】 名 概念

✖ **con**（一起）+ **cept**（抓住）→大家一起抓住

》 **an abstract concept** ／抽象概念

▶ receipt 【rɪˋsit】 名 收據、發票

✖ **re**（在後面）+ **ceipt**（抓住）

→在後面接受的東西

》 **I'd like a receipt, please.** ／
請開收據給我。

23

decide

字根 ▶ cide, cise, scis = 切割

拿來當字尾使用的 -cide 表示「藉以殺害的東西」或「殺害者」。比方說，insecticide（殺蟲劑）、herbicide（除草劑）、matricide（弒母）、patricide（弒父）、genocide（大屠殺）、homicide（殺人行為）。

▶ decide【dɪˋsaɪd】 動 下決心

✂ **de**（離開）+ **cide**（切割）→斷然切割

● decision 名 決心

》 **He decided to study abroad.** ／他決定到國外留學。

》 **He made a decision to study abroad.** ／他決定到國外留學。

▶ **decisive**【dɪˋsaɪsɪv】形 決定性的、有決斷力的

❌ **de**（離開）+ **cise**（切割）+ **ive**（～的）
　→斷然切割

» **play a decisive part in ～**／
在～扮演決定性的角色

▶ **precise**【prɪˋsaɪs】形 正確的

❌ **pre**（在～之前）+ **cise**（切割）
　→事先切割

» **give a precise explanation**／進行正確說明

▶ **concise**【kənˋsaɪs】形 簡潔的

❌ **con**（完全地）+ **cise**（切除）
　→切除多餘的東西

» **a concise dictionary**／簡版字典

▶ **scissors**【ˋsɪzɚz】名 剪刀

❌ **scis**（切割）+ **or**（物品）+ **s**（複數形）
　→切割用的物品

» **two pairs of scissors**／兩把剪刀

24

circle

字根 ▶ circ, circum = 圓、環、繞行

circus（馬戲團）的語源來自拉丁語中的「圓」、「環」，據說是起源自古代羅馬圓形競技場中所舉辦的賽馬或雜技，circus 可追溯至原始印歐語中代表「彎曲」、「繞行」的 sker，curve（曲線）也來自相同語源。

▶ circle【`sɝkl】名 圓、同伴 動 繞行

circ（圓）+ le（小東西）

● circular 形 圓形的、循環的

》 **draw a big circle** ／畫一個大圓

》 **go up the circular stairs** ／爬上螺旋階梯

▶ circuit 【`sɝkɪt】 名 一周

✖ circ（圓）+ it（小東西）

》 make a circuit of the town ／繞小鎮一周

▶ search 【sɝtʃ】 動 搜尋　名 搜索

✖ 到處走動

》 search for a vacant parking lot ／
尋找空的停車位

▶ research 【rɪ`sɝtʃ】 動 研究　名 研究

✖ re（再度）+ search（搜尋）
→搜尋了好多次

》 do some research on the
Internet ／透過網路搜尋調查

▶ curve 【kɝv】 名 弧線、曲線　動 彎曲

✖ 繞行

》 turn the sharp curve ／急轉彎

citizen

字根 ▶ cit(i), civ = 躺下、城鎮、市

city（都市）可追溯至原始印歐語中意味著「躺下」、「躺臥」的 kei，指的是有可躺臥的床鋪或沙發的地方，或有市民的地方。

citizen

▶ **citizen**【ˋsɪtəzn】图 市民、國民

✖ **citi**（市）+ **zen**（人）→都市的人

● citizenship　图 市民權、公民權

》 **become an American** citizen ／成為美國公民

》 **gain** citizenship ／獲得市民權

▶ civil 【ˋsɪv!】 形 市民的、國內的、禮儀端正的

✂ civ（市）+ il（～的）→ 都市的

》 a civil war ／內戰

▶ civic 【ˋsɪvɪk】 形 都市的、市的

✂ civ（市）+ ic（～的）→ 都市的

》 enter a civic university ／
進入市立大學

▶ civilian 【sɪˋvɪljən】
名 一般市民　形 一般市民的

✂ civ（市）+ il（～的）+ ian（人）
→ 都市的人

》 soldiers and civilians ／軍人與一般市民

▶ civilization 【͵sɪv!əˋzeʃən】 名 文明

✂ civ（市）+ il（～的）+ ize
（打造成～）+ tion（行為）
→ 打造成都市

● civilize 動 文明化

》 an ancient civilization ／古代文明

recline

字根 ▶ clin(e) = 傾斜

椅背能夠往後傾斜倒下的椅子稱為 reclining chair（躺椅）。
在電影或小說中，最精采的地方稱為 climax（高潮），這個
字起源於希臘語中代表「梯子」之意的 klimax，指的是最後
終於抵達的「頂點」。

recline

▶ **recline**【rɪ`klaɪn】**動 倚靠、倚賴**

✂ **re**（往後）+ **cline**（傾斜）→往後傾斜

》 **Don't recline against the wall.** ／不要靠在牆上。

》 **sit in a reclining chair** ／坐在躺椅上

▶ # client 【`klaɪənt】图 顧客、委託人

✖ clin（傾斜）+ ent（人）→傾斜的人

》 **meet with a client** ／和委託人碰面

▶ # climate 【`klaɪmɪt】图 氣候

✖ 地球的自轉軸傾斜，造成四季變化

》 **a mild climate** ／溫暖的氣候

▶ # decline 【dɪ`klaɪn】

動 拒絕、減少 　图 衰退

✖ de（往下）+ cline（傾斜）

　→往下傾斜

》 **decline the invitation** ／婉拒邀請

▶ # lean 【lin】**動** 傾斜、靠在～

》 **lean a ladder against the wall** ／將梯子靠在牆上

27

close

字根 ▶ close, clude = 關閉

close 源於拉丁語中有「關閉」之意的 claudere，不同於一口氣關上的 shut，因為這個字的重點在於從開始關到完全關上的過程，如 close the door a little 表示「把門稍微關上」，因此，close 也有「接近」的意味。a close game 為「短兵相接」之意。

▶ close 【kloz】 **動** 關閉、合上

　　　　　【klos】 **形** 接近的、親密的

》 **The shop is closed.** ／店家已經打烊了。

》 **It is close to the station.** ／離車站很近。

▶ enclose 【ɪn`kloz】 動 包圍、封入

✄ en（在裡面）+ close（關上）

→關在裡面

● enclosure 名 封入（物品）、包圍

》 a house enclosed by a high wall ／被高牆包圍的房子

▶ disclose 【dɪs`kloz】 動 揭露

✄ dis（不是～）+ close（關閉）→不關閉

● disclosure 名 暴露、顯露

》 disclose a secret ／揭開祕密

▶ include 【ɪn`klud】 動 包含

✄ in（在裡面）+ clude（關閉）→關在裡面

● inclusive 動 包含一切

● including 介 包含～

》 It includes tax. ／包含稅金在內。

▶ conclude 【kən`klud】 動 結束、斷定、簽訂

✄ con（完全地）+ clude（關閉）

● conclusion 名 結論、簽訂

》 conclude a peace treaty ／

簽訂和平條約

28

core

字根 ▶ cor(d), cour = 心

蘋果或梨子等水果的「芯」稱為 core，這可追溯至原始印歐語中，代表「心」的 kerd。意味著「心臟」或「中心部位」的 heart，或 credit card（信用卡）的 credit（信用）也是來自相同語源。

▶ **core**【kor】图芯、核心

》 **the core of the problem** ／問題的核心

》 **a politician rotten to the core** ／極端墮落的政客

▶ **record** 【`rɛkəd】图 紀錄

【rɪ`kɔrd】動 加以記錄

✖ re（再度）+ cord（心）→再度回到心頭

》 **break the world** record ／打破世界紀錄

▶ **accord** 【ə`kɔrd】

图 協定、一致　動 一致

✖ a(c)（朝向～）+ cord（心）→心合而為一

》 **sign a peace** accord ／簽訂和平協議

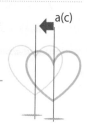

▶ **courage** 【,kɝɪdʒ】图 勇氣

✖ cour（心）+ age（狀態）

　→留存於心中的東西

● courageous 形 勇敢的

》 **a man of** courage ／勇敢的人

▶ **encourage** 【ɪn`kɝɪdʒ】動 振奮、鼓勵

✖ en（在裡面）+ courage（勇氣）

　→在勇氣中

● encouragement 图 激勵、鼓勵

》 **feel** encouraged ／受到鼓舞

cover

字根 ▶ cover = 覆蓋

有「遮蔽」之意的 cover 語源為〈co（完全地）+ ver（遮蓋）〉，一如 cover up the weakness（掩蓋缺點），cover 也有「補救」或「翻唱樂曲」之意。

cover

▶ **cover**【ˋkʌvɚ】

　　動 覆蓋、處理、報導、支付　　**图** 覆蓋、支付

✖ **co**（完全地）+ **ver**（覆蓋）

》**a mountain covered with snow**／白雪覆蓋的山脈

》**cover the cost of the superhighway**／支付高速公路的費用

▶ discover 【dɪsˋkʌvə】 動 發現

✖ dis（離開）+ cover（覆蓋）→除去覆蓋

● discovery 名 發現

》 discover the treasure ／發現寶藏

▶ recover 【rɪˋkʌvə】 動 恢復、取回

✖ re（再度）+ cover（覆蓋）→蓋住欠缺的部分

● recovery 名 恢復、取回

》 recover from cancer ／從癌症康復

▶ uncover 【ʌnˋkʌvə】 動 暴露

✖ un（不是～）+ cover（覆蓋）
　　→不加以覆蓋

》 uncover the truth ／揭露真相

▶ coverage 【ˋkʌvərɪdʒ】 名 報導、覆蓋範圍

✖ cover（覆蓋）+ age（事情）→電視和收音機所覆蓋的事

》 through media coverage ／透過媒體的報導

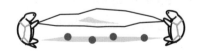

recreation

字根 ▶ cre(a) = 生長、增加

為了消除工作或讀書的疲勞所做的休息或散心，或是為了達到前述目的而進行的各種活動，稱為 recreation（娛樂），這個字的語源為〈re（再度）+ create（創造）+ ion（行為）〉，意味著「恢復元氣」或「得到消遣」。

recreation

▶ **recreation**【ˌrɛkrɪˋeʃən】图 恢復元氣、散心

✂ **re**（再度）+ **create**（創造）+ **ion**（行為）

》 **go fishing for** recreation ／為了散心而去釣魚

》 recreation **facilities** ／娛樂設施

▶ create 【krɪˋet】 勔 創造

✖ crea（增加）+ ate（打造成～）

● creative 圈 創造性的
● creation 名 創造

》 **Who created the universe?** ／是誰創造了宇宙？

▶ creature 【ˋkritʃɚ】 名 生物

✖ create（創造）+ ure（事物）
　　→被創造之物

》 **all living creature** ／所有生物

▶ increase 【ɪnˋkris】 勔 增加 【ˋɪnkris】 名 增加

✖ in（往上）+ crease（生長）→成長

》 **Violent crime is increasing.** ／
　暴力犯罪不斷增加。

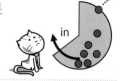

▶ decrease 【dɪˋkris】 勔 減少 【ˋdikris】 名 減少

✖ de（往下）+ crease（生長）→沒有成長

》 **The birth rate is decreasing.** ／
　出生率下降。

crisis

字根 ▶ cri, crit = 分開

代表「祕密」的 secret 語源是〈se（離開）+ cret（分開）〉，原意為「被隔離」。secretary 除了有「祕書」的意思，在美國也意味著「各州的官員」，在英國則有「部長」之意。

crisis

▶ **crisis** 【ˋkraɪsɪs】图 **危機、緊要關頭**

✖ **cri**（分開）+ **is**（狀態）→ 分開的狀態 → 緊要關頭

》 **an energy crisis** ／能源危機

》 **get over a crisis** ／克服危機

▶ critical 【`krItIk!】

形 危急的、關鍵性的、批判性的

✖ crit（分開）+ ical（～的）

→將生與死分開

》 in a critical condition ／緊急狀態

▶ criticize 【`krItI,saIz】 動 批判

✖ critic（評論家）+ ize（打造成～）

→成為評論家

● critic　名 評論家

》 criticize others behind their backs ／在背地裡批評他人

▶ crime 【kraIm】 名 犯罪

✖ 區分善惡→審判惡者

》 commit a crime ／犯罪

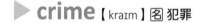

▶ criminal 【`krImən!】 形 犯罪的　名 犯人

✖ crime（犯罪）+ al（～的）

》 a criminal act ／犯罪行為

cross

字根 ▶ cross = 十字

cross（十字架）源自拉丁語的 crux，代表使用於火刑的柱子。crusade（十字軍）也是相同語源，這個字也用來表示「改革運動」或「打擊（消滅）運動」。

cross

▶ **cross**【krɔs】

動 橫跨、交叉　　**名** 十字形、十字架、X 符號

》**Don't cross the road.** ／不要橫越馬路。

》**Cross out the wrong words.** ／把錯誤的單字劃線刪掉。

▶ **across**【ə`krɔs】 ⟨介⟩ 橫跨～

✖ **a**（朝向～）+ **cross**（十字）
→切成十字

》 **a bridge across the river**／跨在河上的橋梁

▶ **crosswalk**【`krɔs,wɔk】 ⟨名⟩ 行人穿越道

✖ **cross**（十字）+ **walk**（步行）

》 **walk along the crosswalk**／
走過行人穿越道

▶ **crossword**【`krɔswɝd】

⟨名⟩ 填字遊戲

✖ **cross**（十字）+ **word**（單字）

》 **do a crossword puzzle**／玩填字遊戲

▶ **cruise**【kruz】 ⟨動⟩ 航遊、（飛機、船、汽車等）

緩慢前進　⟨名⟩ 渡輪、搭船旅行

✖ 橫渡大海

》 **hail a cruising taxi**／
招一輛正在路上跑的計程車

dictionary

字根 ▶ dict = 說話、顯示

dictionary（字典）的語源為〈dict（顯示）+ ion（狀態）+ ary（場所）〉，最初的意思是「顯示單字意思的場所」。diction 的原意為「說話」，也有「措字遣詞」或「說話方式」之意。

dictionary

▶ **dictionary**【`dɪkʃən,ɛrɪ】图 字典

✄ dict（顯示）+ **ion**（狀態）+ **ary**（場所）→顯示出意思的物品

》 **Look up the word in the dictionary.** ／用字典查那個字的意思。

》 **an English-English dictionary** ／英英辭典

▶ condition 【kən`dɪʃən】图 條件、狀態

✖ con（一起）+ dit（說話）+ ion（行為）

→一起對話

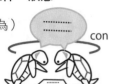
con

》 in a bad condition ／狀況不好

▶ contradict 【,kɑntrə`dɪkt】動 否定、矛盾

✖ contra（相反地）+ dict（顯示）

→顯示出相反的事物

contra

● contradiction 图 矛盾

》 contradict each other ／互相矛盾

▶ indicate 【`ɪndə,ket】動 顯示、稍微透漏

✖ in（在裡面）+ dic（顯示）+ ate

（打造成～）→在裡面顯示

in

● indication 图 徵兆、指點

》 The sign indicates the way to go. ／
這個標誌顯示前進的方向。

▶ predict 【prɪ`dɪkt】動 預告、預言

✖ pre（在～之前）+ dict（說話）→事前說話

● prediction 图 預告、預言

》 predict the future ／預言未來

pre

34

dome

字根 ▶ dome, domin = 家

dome 指的是有著圓形屋頂的建築，例如巨蛋球場。domain 為「網址」、「領域」之意。Madonna 乃「聖母瑪利亞」之意，語源為義大利語的〈ma（我的）+ donna（貴婦人）〉，來自拉丁語中，意味著「貴婦人」或「女主人」的 domina。

dome

▶ dome 【 dom 】

图 圓形屋頂、圓形天花板、天空、巨蛋球場

》 **the dome of the city hall** ／市公所的圓形屋頂

》 **the Atomic Bomb Dome** ／原子彈爆炸圓頂屋

▶ **domestic**【də`mɛstɪk】

形 家庭內的、國內的

❌ **dome**（家）+ **tic**（～的）→家的～

● **domesticate** 動 馴養

》 **domestic airlines** ╱國內線

▶ **dominate**【`damə,net】動 統治、高聳

❌ **domin**（家）+ **ate**（打造成～）

　→弄成像家一樣

》 **a tower dominating the town** ╱
聳立在小鎮上的高塔

▶ **dominant**【`damənənt】形 主導的、主要的

❌ **domin**（家）+ **ant**（～的）

　→像家一樣

》 **the dominant language in**
this country ╱這個國家的主要語言

▶ **condominium**【`kandə,mɪnɪəm】

名 公寓大樓

❌ **con**（一起）+ **domin**（家）+ **ium**
（場所）→眾人的家

》 **live in a condominium** ╱住在大樓裡

produce

字根 ▶ duce = 引導

所謂 producer（製作人），指的是電視、廣播、電影等的製作者，語源為〈pro（事前）+ duce（引導）+ er（人）〉，有「製作者」、「生產者」、「製造者」之意。

produce

pro ↘

▶ **produce**【prə`djus】**動** 生產、產出、取出

　　　　　　　【`prɑdjus】**名** 產品

✖ **pro**（在～之前）+ **duce**（引導）→引導出

》**Tropical rain forests produce oxygen.** ／熱帶雨林會製造出氧氣。

》**produce a pigeon from a hat** ／從帽子裡變出一隻鴿子

▶ **reproduce**【ˌriprəˋdjus】

動 再造、繁殖

✂ **re**（再度）+ **produce**（生產）

● **reproduction** **名** 複製、繁殖

》 **reproduce a sound** ／複製聲音

▶ **reduce**【rɪˋdjus】**動** 減少、縮小

✂ **re**（向後）+ **duce**（引導）

→回到原來的狀態

● **reduction** **名** 減少、削減

》 **reduce expenses** ／削減經費

▶ **introduce**【ˌɪntrəˋdjus】**動** 介紹、引進

✂ **intro**（在～之間）+ **duce**（引導）

→引進～之間

● **introduction** **名** 介紹、引進

》 **Let me introduce myself.** ／
請容我介紹自己。

▶ **educate**【ˋɛdʒəˌket】**動** 教育

✂ **e**（向外）+ **duc**（引導）+ **ate**

（打造成～）→引導出潛在能力

● **education** **名** 教育

》 **I was educated in France.** ／我在法國受教育。

177

conduct

字根 ▶ duct = 引導

交響樂團的「指揮」稱為 conductor，這個字的語源為〈con
（一起）+ duct（引導）+ or（人）〉，原意是「引導所有
演奏者的人」，此外，也含有列車或巴士的「車掌」，以及
熱或電的「導體」之意。

▶ **conduct**【kənˋdʌkt】**動** 指揮、引導、進行

【ˋkɑndʌkt】**名** 行為、實行

✘ **con**（一起）+ **duct**（引導）

》 conduct **an orchestra** ／指揮交響樂團

》 conduct **an investigation** ／進行調查

▶ product 【`prɑdəkt】 图 產品

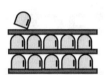

✂ **pro**（向前）+ **duct**（引導）

　→引導出的東西

》 **introduce a new** product ／介紹新產品

▶ production 【prə`dʌkʃən】 图 生產

✂ **pro**（向前）+ **duct**（引導）

　+ **ion**（行為）→引導出

》 **reduce** production ／

　降低生產量

▶ abduct 【æb`dʌkt】 動 劫持、誘拐

✂ **ab**（離開）+ **duct**（引導）

　→引導到遠方

● abduction　图 劫持、誘拐

》 abduct **a girl** ／誘拐少女

▶ deduct 【dɪ`dʌkt】 動 扣除、減除

✂ **de**（往下）+ **duct**（引導）

● deduction　图 扣除額

》 deduct **taxes** ／減稅

fact

字根 ▶ fact = 製造、做

facsimile 意思是「複寫」或「複製」，語源為〈fac（製造）
+ simile（相同）〉。fact（事實）指的是「被完成的事
情」。混合了事實和虛構的書籍或電影稱為 faction（紀實作
品），即〈fact + fiction（虛構小說）〉。

fact

▶ **fact**【fækt】名 **事實**

✂ 被完成的事

》 **as a matter of** fact ／事實上

▶ **fashion** 【`fæʃən】图 時尚、流行、樣式、方法

✖ **fact**（打造）+ **ion**（事物）→被組成的事物

● **fashionable** 形 流行的、高級的

》 **come into** fashion ／造成流行

》 **fashionable clothes** ／流行的服飾

▶ **facility** 【fə`sɪlətɪ】图 設施、機能、能力

✖ **fac**（做）+ **il**（～的）+ **ity**（狀態）→可以做某件事

● **facile** 形 容易的

● **facilitate** 動 促進

》 **public facilities** ／公共設施

▶ **factory** 【`fæktərɪ】图 工廠

✖ **fact**（製造）+ **ory**（場所）

　→製造的場所

》 **run a shoe** factory ／經營鞋子工廠

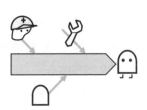

▶ **factor** 【`fæktɚ】图 因素

✖ **fact**（做）+ **or**（事物）

　→帶來結果的事物

》 **a major** factor ／重大原因

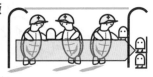

38

fiction

字根 ▶ fic(t) = 製造、做

「小說」的英語單字有 fiction 和 novel，前者的語源為〈fict（打造）+ ion（事物）〉，意思是「打造故事」，亦即「虛構小說」；後者是〈nov（新的）+ el（小東西）〉，原意為「新奇的故事」，也包含根據事實所編造出的故事。

▶ **fiction** 【ˋfɪkʃən】图 小說、虛構小說

✂ **fict**（製造）+ **ion**（事物）→打造出的事物

● **nonfiction** 图 非虛構類文學作品（傳記、歷史、雜文）

》 **I like science fiction.** ／我喜歡科幻小說。

》 **a nonfiction author** ／非虛構類作品的作者

▶ **profit**【`prɑfɪt】图 利益

✖ pro（往前）+ **fit**（打造）

→朝向前方打造的東西

● **profitable** 形 有益的、帶來利益

》**make a profit** ／賺取利潤

▶ **benefit**【`bɛnəfɪt】图 利益、恩惠、津貼

（複數形） 動 有益於

✖ bene（好的）+ **fit**（製造）

→做得很好的東西

● **beneficial** 形 有益的

》**for the benefit of poor people** ／為了貧困民眾的利益

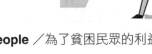

▶ **traffic**【`træfɪk】图 交通量、往來

✖ tra(ns)（超越）+ **fic**（打造）

》**have a traffic accident** ／
遇上交通事故

▶ **efficient**【ɪ`fɪʃənt】形 有效率的、有能力的

✖ e(f)（向外）+ **fic**（打造）+ **ient**（～的）→被打造出來

● **efficiency** 图 效能、效率

》**an efficient secretary** ／
有效率的祕書

183

perfect

字根 ▶ fect = 打造、做

意味著「完美的」或「完成」的 perfect 語源為〈per（透過、完全地）+ fect（做）〉。在 ice cream（冰淇淋）上加入鮮奶油、巧克力、糖漿和水果、果醬等的冰品稱為 parfait（聖代），這個字在法語中有著「完美的」的意思。

perfect

▶ **perfect**【`pɝfɪkt】形 完美的

【pɝˋfɪkt】動 完美、改善

✄ per（完全地）+ fect（做）→完成

● perfection 图 完美、完成

》 **a perfect** day for fishing ／絕佳的釣魚日

》 **perfect** my English ／讓我的英文變得更好

▶ affect 【əˋfɛkt】 動 影響擴及、感動

✘ **a(f)**（朝向～）+ **fect**（做）

　→向對方做了某事

● affection　名 影響、愛情

● affectionate　形 充滿深情的

》 **He affected me greatly.** ／他對我影響很深。

▶ effect 【ɪˋfɛkt】 名 結果、效果

✘ **e(f)**（向外）+ **fect**（做）

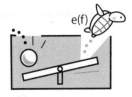

　→從外面帶回來的東西

● effective　形 有效果的

》 **sound effects** ／音響效果

▶ defect 【dɪˋfɛkt】 名 缺點、缺陷

✘ **de**（不是）+ **fect**（做）→沒有辦法做

● defective　形 有缺陷的

》 **a speech defect** ／語言障礙

▶ infect 【ɪnˋfɛkt】 動 傳染

✘ **in**（在～裡面）+ **fect**（做）→帶到裡面

● infectious　形 傳染性的

● infection　名 傳染

》 **an infectious disease** ／傳染病

famous

字根 ▶ fa = 說話

葡萄牙的民俗歌謠〈法朵〉（Fado）和意味著「命運」、「宿命」的英語 fate 是相同語源，原意均為「上帝的聲音」。professor（教授）語源是〈pro（在前面）+ fes（說話）+ or（人）〉，和原意是「事前說的話」的 preface（序文）為相同語源。

▶ **famous** 【ˋfeməs】形 有名的

✖ **fa**（說話）+ **ous**（～的）→受到眾人談論

● fame　图 名聲

》 **one of the most famous singers** ／最知名的歌手之一

》 **famous as a writer** ／因身為作家而出名

▶ fatal 【ˋfetl】 形 致命的

✖ fate（命運）+ al（〜的）→命運的

● fate 名 命運

● fatality 名 死亡者人數、必然

》 make a fatal error ／造成致命的錯誤

▶ fable 【ˋfebl】 名 寓言

✖ fa（說話）+ ble（被〜）→被談論

》 the fable of the tortoise and the hare ／龜兔賽跑的寓言故事

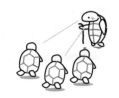

▶ fairy 【ˋfɛrɪ】 名 精靈

✖ fa（說話）+ iry（場所）

　→傳說中，有著被傳誦之物的場所

》 a fairy tale ／童話故事

▶ infant 【ˋɪnfənt】 名 嬰兒

✖ in（不是）+ fa（說話）+ ant（人）

　→無法說話的人

● infancy 名 嬰兒期

》 infant foods ／嬰兒食品

41

offer

字根 ▶ fer = 搬運、前往

渡船（ferryboat 或 ferry）指的是除了人以外，也定期搬運車子、火車、貨物等的船隻。交通工具的「車費」或「車票價」稱為 fare，對著要前往旅行的人說的「一路順風」為 farewell，welfare（福祉）原意指的是「進行得很順利」，「戰爭（狀態）」或「交戰」則是 warfare。

offer

▶ **offer**【`ɔfə】**動** 提出 **名** 提議

✄ **o(f)**（朝向～）+ **fer**（搬運）→前往～

》 **She offered to help me.** ／她表示會幫助我。

》 **accept an offer** ／接受提議

▶ refer【rɪˋfɝ】動 論及、參考

✖ **re**（向後）+ **fer**（搬運）

● **reference** 名 **論及、參考**

》**refer to the dictionary** ／參考字典

▶ suffer【ˋsʌfɚ】動 受苦

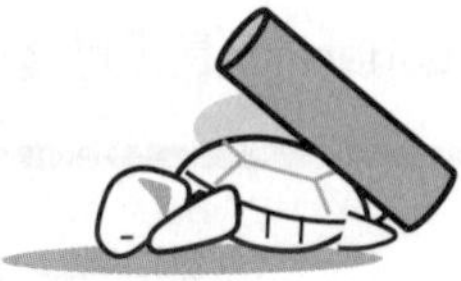

✖ **su(f)**（往下）+ **fer**（搬運）

→在下方支撐

》**suffer from a bad cold** ／因嚴重感冒而苦

▶ differ【ˋdɪfɚ】動 不同

✖ **di**（離開）+ **fer**（搬運）

→搬運到不同的地方

● **different** 形 **不同的、另外的**

● **difference** 名 **差異**

》**His opinion differs from mine.** ／他的意見和我的不同。

▶ prefer【prɪˋfɝ】動 喜歡

✖ **pre**（在～之前）+ **fer**（搬運）

→搬到自己前面

● **preference** 名 **喜好、優先**

》**prefer tea to coffee** ／喜歡紅茶勝過咖啡

42

important

天空的港口,亦即「空港」(譯註:「空港」為日文的機場之意。),英文是 airport。portable 是「可隨身攜帶的」,portability 是「可攜性」。

important

im

▶ **important** 【ɪm`pɔrtnt】 形 重要的、重大的

❌ **im** (在裡面) + **port** (搬運) + **ant** (~的) →宛如必須搬到裡面般重要

● importance 名 重要性

》 **the most important thing in life** /一生中最重要的事情

》 **the matter of great importance** /非常重要的問題

▶ import 【ɪm`port】 動 進口

【`ɪmport】 名 進口商品

✖ im（在裡面）+ port（搬運）

→搬運到港口裡面

● export 動 出口 名 出口商品

》 import beef from Australia ／從澳洲進口牛肉

▶ transport 【træns`port】 動 運送

【`træns.port】 名 運送（方法）

✖ trans（跨越）+ port（搬運）

→搬到其他地方

● transportation 名 運送

》 air transport ／空運

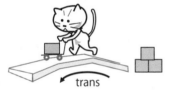

▶ support 【sə`port】 動 支持 名 支持

✖ su(p)（在下面）+ port（搬運）

→在下方支撐

》 I support the Democratic Party. ／
我支持民主黨。

▶ report 【rɪ`port】 動 報告 名 報告（書）、資訊

✖ re（回到原本）+ port（搬運）

→從現場送回原來的地方

》 a traffic report ／交通資訊

43

finish

字根 ▶ fin = 結束、界限

「決戰」為 final，「參加決戰的人」稱為 finalist（決戰參賽者），「表演的最後階段」稱為 finish（終場），「終曲」稱為 finale，法國電影劇終通常會出現「FIN」這個字，表示結束。

finish

▶ **finish**【ˋfɪnɪʃ】**動** 完成　**名** 結束、終點

✂ **fin**（終結）+ **ish**（打造成～）

》 **finish doing homework** ／把功課做完

》 **cross the finish** ／達到目標

▶ fine【faɪn】形 絕佳的、有精神的、舒暢的、細膩的

名 罰款　動 課以罰金

✖ 盡頭的→被完成 →結算

》 **a parking fine** ／違規停車的罰款

▶ financial【faɪˋnænʃəl】形 財政上的

✖ **fin**（終結）+ **ance**（動作）+ **ial**（～的）

　→終止借款

● **finance** 名 財政、財源

》 **financial troubles** ／財政困難

▶ define【dɪˋfaɪn】動 定義

✖ **de**（完全地）+ **fine**（界限）

　→清楚顯示出界限

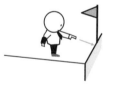

● **definition** 名 定義

》 **a word hard to define** ／難以定義的單字

▶ final【ˋfaɪnl】形 最後的、最終的

✖ **fin**（終結）+ **al**（～的）→終點的

● **finally** 副 最後、終於

》 **make a final decision** ／做出最終決定

farmer

字根 ▶ firm, farm = 確實地

代表「農場」或「農園」的 farm 原意是確實定期支付，藉以當作地租的金額，farm 也有「養殖場」或「畜牧場」之意。在棒球中，「二軍」是培育選手的地方，所以也稱為 farm team。

farm

▶ **farmer**【ˋfarmə】名 農場主人、農場經營者

✖ **farm**（農場）+ **er**（人）→農場的人

● **farm** 名 農場、畜牧場

》 **a dairy** farmer ／酪農

》 **a pig** farm ／養豬場

▶ firm 【fɜm】 形 確實的 名 公司

》 **work for a law firm** ╱
在律師事務所工作

▶ affirm 【əˋfɜm】 動 斷言、主張

✂ **a(f)**（表示動作的對象）+ **firm**
（確實的）→打造成牢固的東西

● **affirmative** 形 肯定的

● **affirmation** 名 斷言、肯定

》 **He affirmed his innocence.** ╱他聲稱自己無罪。

▶ confirm 【kənˋfɜm】 動 確認

✂ **con**（完全地）+ **firm**（確實的）
→打造出完全確實的東西

● **confirmation** 名 確定、確證

》 **confirm the hotel reservation** ╱確認飯店的預約狀況

▶ reconfirm 【͵rikənˋfɜm】 動 再度確認

✂ **re**（再度）+ **confirm**（確認）→再度確認

● **reconfirmation** 名 再度確認

》 **reconfirm my reservation** ╱
再度確認預約情形

fly

字根 ▶ fl = 飛、流動

fly 在動詞中的意思是「飛」，名詞的意思則為「蒼蠅」。由此應該就可以理解 dragonfly 的意思是「蜻蜓」，firefly 的意思為「螢火蟲」，「蝴蝶」則是 butterfly（此乃源於魔女化身蝴蝶，偷奶油來吃的迷信）。

fly

▶ **fly** 【flaɪ】 **動**（搭飛機）飛、吹跑　**名** 蒼蠅、飛翔

》**fly to London** ／搭飛機前往倫敦

》**fly a kite** ／放風箏

▶ **flight** 【flaɪt】图 **定期航班、飛機航程、飛行**

❌ 飛翔

》 **a flight attendant** ／空服員

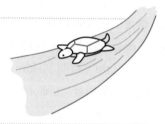

▶ **flow** 【flo】動 **流動**

图 **流暢**

》 **the flow of traffic** ／交通流量

▶ **flood** 【flʌd】图 **洪水**

❌ 流動

》 **a danger of flood** ／
洪水的危險性

▶ **influence** 【ˋɪnfluəns】图 **影響** 動 **造成影響**

❌ **in**（在裡面）+ **flu**（流動）
+ **ence**（狀態）→流到裡面來

● **influential** 形 **有影響力的**

》 **have a good influence on ～**／
對～造成好的影響

197

form

字根 ▶ form = 形狀

若運動選手、演藝人員、政治家等人物擁有具特色的部位，畫人物肖像時特意強調該部位的畫法，在法語中稱為「變形（déformer）」，在英語中稱為 deformation，這個字的語源為〈de（離開）+form（形狀）+tion（行為）〉，意思是離開真實形狀。uniform（制服）的語源則為〈uni（一個的）+form（形狀）〉。

form

▶ **form**【fɔrm】

名 形狀、類型、表格　動 形成、組織

》 **fill out the** form ／填寫表格

》 form **a line** ／排成一列

▶ formal 【`fɔrml】

形 形式上的、正式的

✂ form（形狀）+ al（～的）

→外形的

》 wear a formal dress／穿著正式服裝

▶ inform 【ɪn`fɔrm】 動 通知

✂ in（在裡面）+ form（形狀）

→在腦中塑造形狀

》 I'll inform you of the result.／我會通知你結果。

▶ information 【ˌɪnfə`meʃən】

名 資訊、知識

✂ inform（通知）+ tion（事物）

→讓人家知道的事

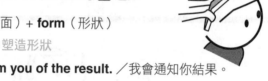

》 detailed information／詳細資訊

▶ reform 【ˌrɪ`fɔrm】 動 改良、改革 名 改良、改革

✂ re（再度）+ form（形狀）

→再度打造形狀

● reformation 名 改革

》 make economic reforms／
進行經濟改革

force

字根 ▶ forc, fort = 強度、力量

在音樂用語中，forte（f）乃「加強」之意，fortissimo（ff）則為「極強」之意。為了抵抗敵人的攻擊而努力打造的「要塞」為 fort 或 fortress。「空軍」乃空中（air）的力量（force），故為 air force。

force

▶ **force** 【fors】 图 力量、權力、暴力　勳 強迫

》 **resort to** force ／訴諸暴力

》 force **a door open** ／勉強把門打開

▶ effort 【`ɛfət】图 努力

✖ e(f)（向外）+ fort（力量）

　→向外使出的力量

》 make an effort ／努力

▶ comfortable 【`kʌmfətəb!】形 舒服的

✖ com（完全地）+ fort（力量）

　+ able（可以～）

　→可以完全呈現出堅強的狀態

● comfort　图 舒適　動 安慰

》 Please make yourself comfortable. ／請不要拘束。

▶ uncomfortable 【ʌn`kʌmfətəb!】

形 不舒服的、不自在的

✖ un（不是～）+ comfortable（舒服的）

》 What an uncomfortable room! ／

這房間實在太不舒適了！

▶ enforce 【ɪn`fors】動 執行、實施、強迫

✖ en（在裡面）+ force（力量）→給予力量

● enforcement　图 執行、實施

》 enforce laws ／執行法律

48

fund

字根 ▶ fund, found = 基底

foundation（粉底）是「foundation cream」的簡稱，指的是做為化妝基礎的基底霜，語源為〈found（基礎、底部）+ate（做）+ion（狀態）〉。

fund

▶ **fund**【fʌnd】图 資金、現款（複數形）、財源

》 **collect a relief** fund ／募集救濟基金

》 **I'm in** funds **now.** ／我目前手頭寬裕。

▶ **foundation** 【faʊn`deʃən】 名 基礎、創立、根據

✖ **found**（基底）+ **ation**（打造成～）

　　→打造成基底

● **found** 動 設立

》 **the report without foundation** ／沒有根據的報導

▶ **fundamental** 【ˏfʌndə`mɛntl̩】 形 基礎的

✖ **fund**（基底）+ **ment**（狀態）

　　+ **al**（～的）→位於基底

》 **fundamental human rights** ／基本人權

▶ **profound** 【prə`faʊnd】

形 深奧的、極度的

✖ **pro**（向前）+ **found**（基底）

　　→基底在更前方

》 **have a profound knowledge** ／知識淵博

▶ **refundable** 【rɪ`fʌndəbl̩】 形 可退款的

✖ **re**（再度）+ **fund**（資金）+ **able**

　　（可以～）→可以償還資金

》 **refundable tax** ／退稅金額

guard

字根 ▶ guar(d), gard = 看

guard 在原始印歐語中，可追溯到意味著「看」的 wer。「警犬」為 guard dog（或 watchdog），「監護人」、「保護人」則為 guardian。

guard

▶ **guard**【gɑrd】

名 警衛、監視　動 監視、保衛、守衛

》 **a guard stationed at the entrance** ／駐守在入口的警衛

》 **guard the VIP** ／保護重要人士

▶ lifeguard 【`laɪf,gɑrd】

名（海、游泳池的）救生員、監看員

✗ life（命）+ guard（看）→守護生命

》 work part-time as a lifeguard ／兼差當監看員

▶ regard 【rɪ`gɑrd】 動 注視、將～認為

名 關心、尊敬

✗ re（完全地）+ gard（看）→看清楚

》 My idea was regarded nonsense. ／大家覺得我的點子很蠢。

▶ disregard 【,dɪsrɪ`gɑrd】 動 忽視　名 忽視

✗ dis（不是～）+ regard（看）→不看

》 disregard human rights ／輕忽人權

▶ safeguard 【`sef,gɑrd】

動 保護、防衛　名 保護裝置、預防措施

✗ safe（安全）+ guard（看）
　→守護安全

》 a safeguard against traffic
　accident ／交通事故的預防措施

stewardess

字根 ▶ ward, war(e) = 看

stewardess（輪船或飛機的服務員）的語源為〈sty（豬舍）+ward（看）+ess（女性）〉，換言之就是「豬舍的女看守員」，這在美國是帶有性別歧視的用語，後來改稱為 flight attendant（空服員）。ward 起源於日耳曼語中的「看」、「守護」之意。

stewardess

▶ **stewardess** 【ˋstjuwəˌdɪs】图 **女性空服員**

✂ **sty**（豬舍）+ **ward**（看）+ **ess**（女性）→看守豬舍的女性

● **steward** 图 男性空服員、膳服員、（大型屋宅的）管家

》 **get a job as a stewardess**／獲得女性空服員的工作

》 **serve as a steward**／擔任管家

▶ award 【ə`wɔrd】名 獎賞 動 授予

✖ a（表示動作的對象）+ ward（看）
　→仔細看做過的事
》 **get an award**／獲得獎賞

▶ aware 【ə`wɛr】形 察覺的

✖ a（表示動作的對象）+ ward（看）
　→看～
》 **aware of the danger**／意識到危險

▶ beware 【bɪ`wɛr】動 注意

✖ be（完全地）+ ware（看）
　→看清楚
》 **Beware of pickpockets!**／
　當心扒手！

▶ reward 【rɪ`wɔrd】名 獎賞 動 給予獎賞

✖ re（完全地）+ ward（看）→仔細看
》 **get it as a reward**／
　得到它做為獎賞

gene

字根 ▶ gen(e) = 種子、誕生

出生時就決定的「性別」稱為 gender，gene 源自有「誕生」、「種子」之意的原始印歐語。gentle 意味與生俱來的「溫和」性格，genre 則從「種子」的意思演變為「流派」、「類型」。

gene

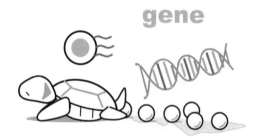

▶ **gene** 【dʒin】 名 基因

● genetic　形 基因的

》 gene therapy ／基因療法

》 a genetic disorder ／遺傳疾病

▶ **genius** 【ˋdʒinjəs】图 天才、才能

✖ 與生俱來的特質

》 **He's a genius in physics.** ╱
他是一個物理學天才。

▶ **generous** 【ˋdʒɛnərəs】形 寬宏大量的、大方的、大量的

✖ **gene**（誕生）+ **ous**（～的）
→與生俱來的

》 **generous amounts of money** ╱
大量金錢

▶ **generate** 【ˋdʒɛnə,ret】動 引起、產生（電或熱能）

✖ **gene**（種子）+ **ate**（打造成～）
→產生

》 **generate electricity** ╱發電

▶ **generation** 【,dʒɛnəˋreʃən】图 世代、（電或熱的）產生

✖ **generate**（產生）+ **ion**（狀態）
→產生

》 **from generation to generation** ╱世世代代

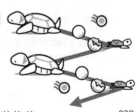

52

nature

字根 ▶ nat, nasci = 誕生

「文藝復興（Renaissance）」指的是始於十四世紀的義大利，並於西歐發展的古希臘、羅馬文化及藝術的復興運動，Renaissance 的語源為〈re（再度）+nasci（誕生）+ance（狀態）〉，原意為「再生」。

nature

▶ **nature 【ˋnetʃə】图 自然、自然狀態**

✖ nat（誕生）+ **ure**（狀態）→誕生時的狀態

》 **the laws of nature** ／自然法則

》 **He's honest by nature.** ／他生性誠實。

▶ natural 【`næt∫ərəl】 形 自然的、當然的

✖ nature（自然）+ al（～的）

● unnatural　形 不自然的

》 natural disasters ／天災

▶ native 【`netɪv】 形 當地的　名 當地居民

✖ nat（誕生）+ ive（～的）→誕生

》 a native speaker of French ／
以法語為母語的人

▶ nation 【`ne∫ən】 名 國家、國民

✖ nat（誕生）+ ion（過程）
→誕生的地方

● national　形 國家的

》 advanced nations ／已開發國家

▶ nationality 【͵næ∫ə`nælətɪ】 名 國籍

✖ nation（國家）+ al（～的）
+ ity（狀態）→身為一個國家

》 What's your nationality? ／
你的國籍是什麼？

know

字根 ▶ gno, not, kno = 知道

know（知道）和 note（注意到）都可追溯至在原始印歐語中有「知曉」之意的 gno。note 有「筆記」之意，「做筆記」稱為 make a note。ignore 的語源為〈i(in)（不是～）+gnore（知道）〉，意思是「忽視」。

know

▶ **know**【no】動 知道、了解

》 **Do you know him by sight?** ／你看到他時認得出來嗎？

》 **as far as I know** ／就我所知

▶ knowledge 【`nɑlɪdʒ】 名 知識

✖ know（知道）+ ledge（狀態）

→已經知道

》have knowledge of Latin ／擁有拉丁語的知識

▶ notice 【`notɪs】 名 通知、公告

動 注意

✖ not（知道）+ ice（狀態）→已經知道

》put up a notice ／做出公告

▶ notion 【`noʃən】 名 概念、想法

✖ not（知道）+ ion（狀態）

》the notion of freedom ／自由的概念

▶ recognize 【`rɛkəg,naɪz】 動 認識、認出

✖ re（再度）+ co（一起）+ gn（知道）

+ ize（打造成～）

● recognition 名 認識、確認

》I didn't recognize you. ／

我不知道你是誰。

grade

字根 ▶ grad(e) = 步行、前往、階段

顏色的濃淡、明暗、色相階段性地慢慢改變，稱為 gradation（層次），語源為〈grade（階段）+ate（打造成）+ion（狀態））。

grade

▶ **grade**【gred】

图 等級、階段、成績　動 劃分等級、打成績

》 **get a good** grade ／得到好成績

》 **He's in the first** grade. ／他是一年級生。

▶ **gradually** 【`grædʒʊəlɪ】 副 慢慢地

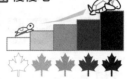

✂ **grade**（階段）+ **al**（～的）+ **ly**
（～地）→階段性地

● gradual 形 慢慢地、階段性的

》 **It's gradually getting warmer.** ／逐漸變暖和了。

▶ **graduate** 【`grædʒʊ,et】 動 畢業

【`grædʒʊɪt】 名 畢業生

✂ **grade**（階段）+ **ate**（打造成～）
→歷經階段

● graduation 名 畢業

》 **graduate from college** ／大學畢業

▶ **gradation** 【,gre`deʃən】 名 變化、過程、層次

✂ **grade**（階段）+ **ate**（打造成～）
+ **ion**（狀態）→打造成階段性的

》 **the subtle gradation of color** ／微妙的色彩層次

▶ **upgrade** 【ʌp`gred】 動 提升等級

【`ʌpgred】 名 優化性能

✂ **up**（往上）+ **grade**（階段）
→往上一個階段爬升

》 **upgrade the flight** ／機艙升等

digest

字根 ▶ **gest, ger, gister = 運送**

以「動作來表達意思」，就是 gesture（姿勢），原意為
〈gest（以言語傳達心意）+ure（行為）〉。jest（開玩笑）
也是相同語源。

▶ **digest**【daɪˋdʒɛst】**動** 消化

【ˋdaɪdʒɛst】**名** 摘要、文摘

di（離開）+ **gest**（運送）→將食物拆開來運送

● **digestion** **名** 消化（作用）

》 **This is hard to digest.** ／這東西不好消化。

》 **have a poor digestion** ／消化不好

▶ **congestion** 【kən`dʒɛstʃən】 名 塞車、擁塞

✖ **con**（一起）+ **gest**（運送）+ **ion**（狀態）

　→大家一起前往

》 **have nasal** congestion ／鼻塞

▶ **register** 【`rɛdʒɪstə】 名 登記 動 登記

✖ **re**（往原地）+ **gister**（運送）

　→帶回去留著

》 register **a birth** ／辦理出生登記

▶ **suggest** 【sə`dʒɛst】 動 建議、暗示

✖ **su(g)**（往下）+ **gest**（運送）→拿到下面

● suggestion　名 建議、暗示

》 **I** suggest **we start immediately.** ／我建議我們馬上出發。

su(g)

▶ **exaggerate** 【ɪg`zædʒə,ret】 動 誇張、強調

✖ **ex**（向外）+ **a(g)**（朝向～）+ **ger**（運送）+ **ate**（打造

　成～）→運送至超越標準之處

● exaggeration　名 誇張

》 exaggerate **trivial matters** ／

　小題大作

ex

congratulate

字根 ▶ gra, gre = 讓人開心

「謝謝」的義大利語為 Grazie，西班牙語為 Gracias，gra 有
著「讓人開心」之意。英語的 Grace 可以做為女性的名字，
意味著「優雅」、「高雅」，也有用餐前的「感恩禱告」之意。

▶ congratulate【kənˋgrætʃə,let】 **動** 恭賀

✂ **con**（一起）+ **grat**（讓人開心）+ **ate**（打造成～）

→一起感到開心

● congratulation **名** 恭賀

》 I **congratulate** you on your promotion. ／恭喜升官。

》 **Congratulations!** ／恭喜！

▶ agree【ə`gri】動 同意

✂ a（表示動作的對象）+ gree（讓人開心）

　→讓人覺得高興

● agreeable　形 令人愉快的

● agreement　名 同意、協定

● disagree　動 不一致、意見相左

》 I agree with your opinion. ／我贊成你的意見。

▶ gracious【`greʃəs】名 優雅的、仁慈的

✂ grace（讓人開心）+ ious（～的）

● grace　名 優雅、感恩祈禱

》 gracious behavior ／優雅的舉止

▶ grateful【`gretfəl】形 感謝的

✂ grate（讓人開心）+ ful（滿滿的）

　→充滿喜悅

》 I'm grateful to you. ／我非常感謝你。

▶ gratitude【`grætə,tjud】名 感謝

✂ grat（讓人開心）+ itude（行為）

　→讓人感到開心

》 as a token of gratitude ／藉以表達感謝之意

visit

字根 ▶ it = 前往

initial（最初的）的語源為〈in（在裡面）+ it（前往）+ ial（～的）〉，當形容詞用時，有「起初的」、「位於字首」之意，而做為名詞用時，則有「字首」之意。itinerary（行程）也是相同語源。

▶ **visit**【`vɪzɪt】動 拜訪、參觀　名 拜訪**

✂ **vis**（看）+ **it**（前往）→去看

》 I **visited** Kyoto. ／我造訪了京都。

》 I paid a **visit** to Kyoto. ／我造訪了京都。

▶ orbit【ˋɔrbɪt】图 軌道、範圍　勔 繞行軌道

✖ orb（球）+ it（前往）→繞行地球

》 put a satellite into orbit ／
將人造衛星送上軌道

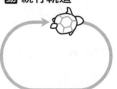

▶ exit【ˋɛksɪt】图 出口

✖ ex（向外）+ it（前往）→通往外頭之處

》 an emergency exit ／緊急出口

ex ←

▶ transit【ˋtrænsɪt】图 通過、運輸

✖ trans（超越）+ it（前往）

》 transit visa ／過境簽證

trans

▶ ambitious【æmˋbɪʃəs】图 野心勃勃的

✖ amb（在周圍）+ it（前往）+ ous（～的）→為了在選
舉中拉票而到處走動

● ambition 图 抱負、野心

》 Boys, be ambitious. ／
年輕人，要胸懷大志。

58

program

字根 ▶ gram, graph = 寫、記下

在舞台劇或音樂會發送的「節目單（program）」語源為〈pro（事前）+ gram（寫）〉，原意是「事前寫下的東西」，現被拿來表示「節目」、「預定」之意。有書寫之意的 gram 和 graph，源自原始印歐語中代表「筆畫」、「雕刻」之意的 gerbh。

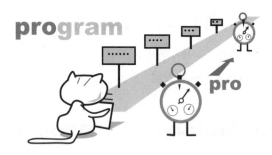

▶ **program** 【ˋprogræm】图 節目、預定、計畫
動 為～安排節目、為～制訂計畫

✖ pro（事前）+ **gram**（寫）→事先寫下的東西

》 **an interesting TV program** ／有趣的電視節目

》 **carry out a program** ／實行計畫

▶ telegram 【`tɛlə,græm】 图 電報（=telegraph）

✖ **tele**（遙遠的）+ **gram**（寫）

→在遠處寫東西

》 **send a message by telegram** ╱
以電報傳送訊息

▶ pictogram 【`pɪktə,græm】

图 象形文字、圖示（= pictograph）

✖ **picto**（畫）+ **gram**（寫）→畫畫

》 **What does the pictogram mean?** ╱
這圖示代表什麼意思？

▶ photograph 【`fotə,græf】

图 照片（= photo）

✖ **photo**（光）+ **graph**（寫）

→以光來書寫

》 **take a photograph** ╱照相

▶ autograph 【`ɔtə,græf】 图 親筆簽名、手稿

✖ **auto**（自行）+ **graph**（寫）

》 **Can I have your autograph?** ╱
可以幫我簽名嗎？

habit

字根 ▶ hab = 擁有、保持

有「習慣」、「毛病」之意的 habit 語源為〈hab（擁有、保持）+ it（小東西）〉，源自「長年以來無意識帶在身上的東西」。

habit

▶ **habit** 【`hæbɪt】图 習慣、習性

✖ **hab**（擁有）+ **it**（少少的東西）→帶在身上的東西

》 **He has a habit of biting his fingernails.** ／他有咬指甲的習慣。

》 **I got up early by habit.** ／我習慣早起。

▶ habitual 【həˋbɪtʃʊəl】 形 習慣的、慣常的

❌ **habit**（帶在身上的東西）+ **ual**
（～的）

》 **a habitual liar** ／習慣性說謊

▶ inhabit 【ɪnˋhæbɪt】 動 居住、棲息

❌ **in**（在裡面）+ **habit**（帶在身上）
→居住

》 **inhabit the island** ／
棲息在那座島上

▶ prohibit 【prəˋhɪbɪt】 動 禁止、妨礙

❌ **pro**（事前）+ **hibit**（保持）→事先擁有

● **prohibition** 名 禁止

》 **the law prohibiting child labor** ／
禁止孩童工作的法律

▶ exhibit 【ɪgˋzɪbɪt】

動 展示、顯出　名 展示品、展示

❌ **ex**（在外面）+ **hibit**（保持）→在外面擁有

● **exhibition** 名 展示、展覽會

》 **exhibit modern painting** ／展示現代畫

happy

字根 ▶ **hap = 運氣**

代表「幸福的」、「開心的」的 happy 語源為〈hap（運氣）+ (p)y（～的）〉，原意是「幸福的」。意味著「發生」或「產生」的 happen 語源則為〈hap（運氣）+ en（打造成～）〉，原意為「偶然發生」。

happy

▶ **happy**【ˋhæpɪ】形 幸福的、幸運的

✖ **hap**（運氣）+ **p(y)**（～的）

● **happily** 副 幸福地、開心地

》 **live a happy life** ／過著幸福的生活

》 **smile happily** ／笑得很開心

▶ **unhappy** 【ʌn`hæpɪ】 形 不幸的

❌ **un**（不是～）+ **happy**（幸福的）

→不幸的

》 **have many unhappy experiences** ／經歷了許多不幸

▶ **happiness** 【`hæpɪnɪs】 名 幸福

❌ **happy**（幸運的）+ **ness**（狀態）

→幸福的事

》 **find true happiness** ／尋找真正的幸福

▶ **happen** 【`hæpən】

動（偶然地）發生、偶然～

❌ **hap**（運氣）+ **en**（打造成～）→偶然發生

● **happening** 名 事件

》 **I happened to meet her.** ／我偶然遇到她。

▶ **perhaps** 【pɚ`hæps】 副 或許

❌ **per**（透過～）+ **hap**（運氣）→因為運氣

》 **Perhaps she may come.** ／她應該會來吧。

human

字根 ▶ hum = 低的、大地

代表「人類」之意的 human being 語源為「存在於大地之物」，hum 有「大地」或「地球」之意，因為大地的意象，轉而變成有「低的」之意。

human

▶ **human**【ˋhjumən】 形 人類的　名 人類

》 **respect human rights** ／尊重人權
》 **by human error** ／因為人為疏失

▶ humble 【ˋhʌmbḷ】 形 謙虛的、卑微的

✖ hum（低的）+ ble（～的）

　→謙遜的

》 live in a humble house／
　住在一棟簡陋的屋宅

▶ humid 【ˋhjumɪd】 形 溼氣很高的

✖ hum（大地）+ id（～的）

　→像陸地那樣潮溼

● humidity　名 溼氣

》 Summer in Taiwan is hot and
　humid.／台灣的夏天很溼熱。

▶ humanity 【hjuˋmænətɪ】

　名 人性、人類、慈愛

✖ human（人類）+ ity（狀態）

　→身為人類

》 show humanity／展現出慈悲

▶ humorous 【ˋhjumərəs】 形 幽默的

✖ humor（幽默）+ ous（～的）

● humor　名 幽默

》 a humorous story／滑稽的故事

project

字根 ▶ ject = 投擲

釋放出大量氣體後在天空飛翔的是 jet plane（噴射機），氣泡不斷冒出來的是 jet bath（按摩浴缸）。jet 的原意是「被連續投擲出來」，從 ject 變化而來，源自原始印歐語中代表「投擲」之意的 ye。

project

▶ **project**【`prɑdʒɛkt】图 計畫

【prə`dʒɛkt】動 計畫、投影

✖ **pro**（在～之前）+ **ject**（投擲）→投擲在大家面前

》 **carry out a big project** ／實施一個大型計畫

》 **project a film on the wall** ／將電影投放在牆上

▶ object 【əbˋdʒɛkt】**動** 反對

【ˋɑbdʒɪkt】**名** 物體、目標

✂ **ob**（朝向）+ **ject**（投擲）→投向

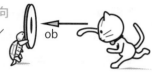

》 **an unidentified flying object** ／
不明飛行物

▶ reject 【rɪˋdʒɛkt】**動** 拒絕

✂ **re**（回到原處）+ **ject**（投擲）
→將別人拿出的東西丟回去

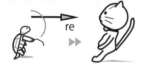

● **rejection** **名** 拒絕
》 **reject the proposal** ／否決提案

▶ subject 【səbˋdʒɛkt】**動** 使服從

【ˋsʌbdʒɪkt】**名** 科目、主題　**形** 臣服的

✂ **sub**（往下）+ **ject**（投擲）

》 **What is your favorite subject?** ／
你最喜歡什麼科目？

▶ eject 【ɪˋdʒɛkt】**動** 趕出、取出

✂ **e**（向外）+ **ject**（投擲）→丟出去

》 **eject a CD from the player** ／
將 **CD** 從播放器中取出

judge

字根 ▶ ju(dge), ju(st) = 正確的、法律

judge 意味著「法官」或運動競賽中的「裁判」，原意為根據法律和規則，說正確言語的人。just 意味著「現在這個時刻」，是從「正確的」、「正當的」之意，變化出「公正的」、「公平的」的意思。

judge

▶ **judge** 【dʒʌdʒ】 **動** 判斷　**名** 裁判、法官

》 **judge people by appearance**／以貌取人

》 **judging from** ～／透過～來判斷

▶ adjust【ə`dʒʌst】 動 調整、適應

■ ad（朝向～）+ just（正確的）

　→調整成正確的方向

》 adjust to a new way of life ／
適應新的生活模式

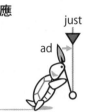

▶ jury【`dʒʊrɪ】 名 陪審員（團）

■ ju（正確的）+ ry（團體）

》 do jury service ／擔任陪審員

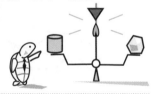

▶ justice【`dʒʌstɪs】 名 正義、公平、法官

■ just（正確的）+ ice（狀態）

　→正確的狀態

》 a sense of justice ／正義感

▶ prejudice【`prɛdʒədɪs】 名 偏見 動 使抱持偏見

■ pre（事前）+ jud（判斷）+ ice

（行為）→事前便加以指責

》 have a prejudice against ～／
對～抱持偏見

labor

字根 ▶ labor = 勞動

在拉丁語中，laborare 意味著「辛苦」、「耕耘」，它的名詞是 labor。labor 除了「肉體勞動」、「勞動力」之外，還有「分娩」、「陣痛（labor pains）」的意思。She had a difficult labor. 這句話的意思是「她難產了」。

labor

▶ **labor** 【`lebɚ】 图 勞動（者） 勔 勞動

》 **physical** labor ／體力勞動
》 **forced** labor ／強制勞動

▶ **laborer**【ˋlebərə】图 勞動者

✖ labor（勞動）+ er（人）→勞動的人

》**a seasonal laborer**／季節性勞工

▶ **elaborate**【ɪˋlæbərɪt】彤 精心製作的

　　　　　　　【ɪˋlæbəˌret】動 詳細說明

✖ e（完全地）+ labor（勞動）+ ate
（～的）→以勞動製作成的

》**an elaborate craft object**／精雕細琢的工藝品

▶ **laboratory**【ˋlæbrəˌtorɪ】图 研究室、實驗室

✖ labor（勞動）+ ory（場所）
　→勞動的場所

》**a chemical laboratory**／
化學實驗室

▶ **collaborate**【kəˋlæbəˌret】動 一起工作

✖ co(l)（一起）+ labor（勞動）+ ate
（打造成～）→一起勞動

● **collaboration** 图 合作、共同研究

》**collaborate with experts**／與專家合作

235

relax

字根 ▶ lax, lea = 放鬆

過去，日本曾稱窄版合身的長褲為 slacks，有可能是因為英語的發音讓人聯想到日文「修長的」一詞。slacks 源自帶有「寬鬆」之意的拉丁語 lax。

relax

▶ **relax**【rɪˋlæks】**動** 舒暢、放鬆

✂ **re**（向後）+ **lax**（放鬆）

● relaxed **形** 放鬆的

》 **Relax your muscles.** ／將肌肉放鬆。

》 **feel relaxed** ／感覺很放鬆

▶ relaxation 【ˌrilæksˋeʃən】 名 放鬆

✖ relax（放鬆）+ tion（狀態）

→放鬆狀態

》 relaxation of muscles ／
鬆弛肌肉的緊張狀態

▶ lease 【lis】

名 租賃契約　動 租賃

✖ 規則鬆綁→借貸土地

》 lease an apartment ／租一間公寓

▶ leisure 【ˋliʒɚ】 名 閒暇、娛樂

✖ lei（放鬆）+ ure（狀態）

→從工作釋放的狀態

》 I'm at leisure. ／我現在很悠閒。

▶ release 【rɪˋlis】 動 釋放、發行
名 釋放、發行

✖ re（回到原狀）+ lease（放鬆）

》 release the hostage ／放掉人質

collect

字根 ▶ lect = 選擇、收集、閱讀

collection（收集）的語源為〈col（一起）+lect（採集）+ion（行為）〉。「收集」為 collect，「收集者」為 collector。lecture（上課）的語源為〈lect（選擇話語）+ure（行為）〉，原意是「讀」或「說」。

collect

▶ **collect**【kəˈlɛkt】動 聚集、收集

✂ **co(l)**（一起）+ **lect**（收集）

● **collection** 名 收集

》 **My hobby is collecting stamps.** ／我的興趣是收集郵票。

》 **a collection of old coins** ／收集舊銅板

▶ elect 【ɪˋlɛkt】動（透過投票）進行選擇

✖ e（向外）+ lect（選擇）→選出

● election 名 選舉

》 **He was elected chairman.** ／
他獲選為議長。

▶ select 【səˋlɛkt】動（慎重地）選擇 形 精選的

✖ se（離開）+ lect（選擇）→篩選

● selection 名 選擇、被選出的人
（或東西）

》 **select sake** ／上選的清酒

▶ neglect 【nɪgˋlɛkt】動 疏忽、忽略 名 怠慢、忽略

✖ neg（不是～）+ lect（選擇）
→不做選擇→怠慢

》 **neglect one's duty** ／怠忽義務

▶ intellect 【ˋɪntḷˏɛkt】名 知性、有智力的人

✖ intel（在～之間）+ lect（收集）
→進入～之間加以收集→可以篩選

● intellectual 形 知性的、有智力的

》 **a man of intellect** ／有智慧的人

legend

字根 ▶ leg, lig = 選擇、收集、閱讀

一如 collect（收集）的字根 lect，leg 和 lig 也有「選擇」、「收集」之意。college 的語源為〈co(l)（一起）+lege（被選出的人）〉，後來變化成一起被選出的人所聚集的「大學」之意。

legend

▶ **legend**【ˋlɛdʒənd】図 傳說

✂ **leg**（讀）+ **end**（東西）→應該閱讀的東西

● **legendary** 形 傳說中的

》**according to** legend ∕根據傳說

》**a** legendary **figure** ∕傳說中的人物

▶ legal 【ˋligl】形 法律的

✖ leg（被收集的東西→法律）+ al（～的）

》 take legal action against ～／
對～採取法律的手段

▶ illegal 【ɪˋligl】形 違法的

✖ il（不是～）+ legal（法律的）
→不是法律

》 illegal immigrants ／非法移民

▶ intelligent 【ɪnˋtɛlədʒənt】形 聰明的

✖ intel（在～之間）+ lig（收集）
+ ent（～的）→進入～之間收集
→可以篩選

● intelligence 名 智力、情報

》 an intelligent chimpanzee ／高智商的猩猩

▶ colleague 【kɑˋlig】名 同僚

✖ col（一起）+ league（被選出的人）

》 my former colleague ／我的前同事

letter

字根 ▶ letter, liter = 文字

letter（文字）源自拉丁語中代表「羅馬字母」的 littera。而集結文字的「信件」也是 letter，變化成複數形的 letters 時，則有「文學」、「學問」的意思。

letter

AAAA
BBB

▶ **letter** 【ˋlɛtɚ】图 信件、文字、文學（複數形）

》**write in capital** letters ／以大寫字母來書寫

》**a man of** letters ／文學家

▶ literal 【`lɪtərəl】 形 照字面的

❌ liter（文字）+ al（～的）→文學的

》 the literal meaning of the word ／
那個單字字面上的意思

▶ literary 【`lɪtə͵rɛrɪ】 形 文學的

❌ liter（文字）+ ary（～的）→文字的

》 have literary talent ／有文學天分

▶ literature 【`lɪtərətʃə】 名 文學

❌ littera（文字）+ ture（行為的結果）

》 modern American literature ／
美國現代文學

▶ illiterate 【ɪ`lɪtərɪt】 形 無法讀寫、未受教育的

❌ il（不是～）+ liter（文字）+ ate（～的）→非文字的

● literate   形 具文化修養的

》 politically illiterate people ／
對政治一無所知的人

long

字根 ▶ long, leng, ling = 長的

有「沿著～」、「順著～」之意的介系詞 along，語源為〈a（朝向～）+long（長的）〉，原意是「沿著某種東西，長長的」。比方說，walk along the river 便是「沿著河岸步行」之意，swim along the river 則是「朝著河川的上游或下游游去」的意思。

long

▶ **long** 【lɔŋ】 形 長的　副 長長地
　　　　　　　　動 殷切期盼、渴望

● **longing**　名 憧憬

》 **for a long time** ／很長的時間

》 **long for peace** ／渴望和平

▶ **belong**【bəˋlɔŋ】動 是～的東西、屬於～

✖ **be**（完全地）+ **long**（長的）→將手徹底伸長

● **belonging** 名 財產

》 **belong to the basketball club** ／
屬籃球隊所有

▶ **prolong**【prəˋlɔŋ】動 延長

✖ **pro**（向前）+ **long**（長的）
→往前延伸

》 **a prolonged depression** ／長期的經濟蕭條

▶ **length**【lɛŋθ】名 長度

✖ **leng**（長的）+ **th**（狀態）→長的

● **lengthen** 動 延長

● **lengthy** 形 長時間的

》 **the length of this bridge** ／這座橋的長度

▶ **linger**【ˋlɪŋgə】動 遲遲沒有消失、繼續逗留、殘留

✖ **ling**（長的）+ **er**（打造成～）→變長

》 **linger in one's mind** ／殘留在心裡

manicure

字根 ▶ man(i) = 手

manicure（修指甲）的語源為〈man（手）+cure（照顧）〉，乃「手指或指甲的修護」之意。「指甲油」稱為 nail polish，若想表達「她修了指甲」，可以說 She polished her nails.，或是 She colored her nails.。manner（禮節）的原意為「用手處理」。

manicure

▶ **manicure**【ˋmænɪ͵kjʊr】名 修指甲、保養手指和指甲　動 塗指甲油、修整得很漂亮

✄ **mani**（手）+ **cure**（照顧）→手的照顧

》 **have a manicure** ／讓人修了指甲

》 **a neatly manicured lawn** ／修剪得很漂亮的草皮

▶ **manner**【ˋmænɚ】图 方法、態度、

禮貌（複數形）、風俗（複數形）

✖ 照顧手指的方法

》 **manners** and **customs** ／風俗習慣

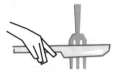

▶ **manage**【ˋmænɪdʒ】動 經營、管理、處理

✖ 用手來照顧（馬匹）

● **management** 图 管理、經營方

● **manager** 图 經營者

》 **manage** a **restaurant** ／經營餐廳

▶ **manufacture**【͵mænjəˋfæktʃɚ】

图 製造 動 製造

✖ **man**（手）+ **fact**（打造）+ **ure**

（行為）→以手打造

》 **manufacture** automobiles ／

製造汽車

▶ **manual**【ˋmænjʊəl】形 手工的 图 簡介

✖ **man**（手）+ **ual**（～的）→手的

》 a **manual** laborer ／體力勞動者

mark

字根 ▶ mark = 記號、痕跡、目標

用來畫上記號的文具「麥克筆」的英語為 marker pen，動物為了畫出自己的地盤，用尿之類的分泌物來做記號，稱為 marking（標記），bookmark 從畫在書上的記號轉變為「書籤」之意，trademark 從交易的記號轉變為「商標」之意。

mark

▶ **mark** 【mark】图 **記號、痕跡、成績**

動 **做記號、表示**

》 **get a good** mark ／拿到好成績

》 **punctuation** marks ／標點符號

▶ landmark 【`lænd,mark】 名 地標

✖ **land**（陸地）+ **mark**（記號）

　→ 做在陸地上的記號

》 **a landmark tower**／燈塔地標

▶ remark 【rɪ`mark】

　名 看法、意見　動 加以評論

✖ **re**（再度）+ **mark**（注目）

　→ 多次注目

》 **a sarcastic remark**／諷刺的評論

▶ margin 【`mardʒɪn】 名 空白、差數、邊緣、利潤

✖ **marg**（記號）+ **in**（小東西）

》 **by a narrow margin**／

　微小的差距

▶ remarkable 【rɪ`markəb!】

　形 值得注意的、讓人驚訝的

✖ **re**（再度）+ **mark**（注目）+ **able**

　（可以～）→ 可以多次注目

》 **have a remarkable memory**／擁有驚人的記憶力

mode

字根 ▶ mode = 樣式、標準

model（模範）的語源為〈mode（標準）+el（小東西）〉，
原意是「成為微小標準的東西」，後來演變成「模型」、
「模範」、「時裝模特兒」等意思。行動電話上的靜音模式
的英語是 silent mode。

mode

▶ **mode**【 mod 】图 方法、樣式

》 **Switch your phone to silent mode.** ／將行動電話設為
靜音模式。

》 **follow the mode** ／跟流行

▶ **commodity**【kə`madətɪ】 名 商品

✂ **com**（一起）+ **mod**（樣式）+ **ity**

（物品）→被打造成同一種樣式的物品

》 **commodity prices** ／物價

▶ **moderate**【`madərɪt】 形 適度的

✂ **mode**（標準）+ **ate**（～的）

→被根據標準進行調整

》 **take moderate exercise** ／

做適度的運動

▶ **modern**【`madən】 形 現代的

✂ **mode**（標準）+ **ern**（～的）

→以現在做為標準

》 **the modern history of England** ／英國近代史

▶ **modest**【`madɪst】 形 適度的、審慎的、不多的

✂ 合乎樣式

》 **live on a modest income** ／

以微薄的收入過活

73

medium

字根 ▶ med(i), mid(i) = 中間

把 middle（正中央）當前置詞，可以變化出 middle-aged（中年的）、middle-class（中產階級的）、middle-sized（中等身材），如果加上把 middle 縮短後的 mid，可變化出 midsummer（盛夏）、midnight（半夜）、midterm（期中）等詞。

medium

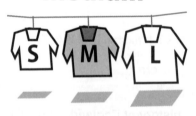

▶ **medium** 【`mɪdɪəm】 图 媒體、手段

形 中間的、中等的

✂ **med**（中間）+ **ium**（物品）→居間的物品

》 **I'd like my steak medium.** ／我的牛排要五分熟。

》 **medium and small business** ／中小企業

▶ mean【min】

形 中間的、一般的、小氣的

》 **a mean person** ／小氣鬼

▶ immediate【ɪˋmidɪɪt】 形 直接的、立即的

✂ **im**（不是～）+ **medi**（中間）+ **ate**
（～的）→沒有間隔

》 **give an immediate answer** ／立刻回答

▶ intermediate【͵ɪntɚˋmidɪət】

形 中間的、中等程度的

✂ **inter**（在～之間）+ **medi**（中間）
+ **ate**（～的）→中間的

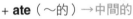

》 **take an intermediate course** ／修中級課程

▶ media【ˋmidɪə】 名 大眾媒體

✂ **medi**（中間）+ **a**（用於複數形）→介於中間的東西

》 **control the media** ／操控媒體

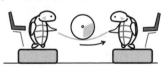

memory

字根 ▶ mem, men, min = 記憶、思考

memo（備忘錄）是 memorandum 的簡稱，源自「應該記住之事」的拉丁語。這個字主要是指公司內的「聯絡筆記」或「備忘錄」，若要表達寫筆記，要使用 note。

memory

▶ **memory**【`mɛmərɪ】图 記憶（力）

❌ **memo**（記憶）**+ ry**（狀態）→記住

● **memorize** 動 背

》 **have a poor** memory ／記憶力不好

》 **bad at** memorizing **people's names** ／不擅長記別人的名字

▶ **mean**【min】動 意味

✖ 思考 → 企圖 → 意味

● **meaning** 名 意思

》 **What do you mean?** ／你是什麼意思？

▶ **mention**【`mɛnʃən】

名 提及　動 提及、說起

✖ **men**（思考）+ **tion**（行為）→ 讓人思考

》 **not to mention** ～／更不用說～

▶ **remember**【rɪ`mɛmbɚ】動 記得、想起

✖ **re**（再度）+ **mem**（記住）+ **er**（反覆）
　 → 多次記憶

》 **Do you remember me?** ／你記得我嗎？

▶ **remind**【rɪ`maɪnd】動 提醒

✖ **re**（再度）+ **mind**（思考）
　 → 讓人想起

》 **That reminds me.** ／那提醒了我。

mountain

字根 ▶ mount, mint = 突出、攀登

mountain（山）的原意是「突出於大地之物」，mount 源自原始印歐語中帶有「突出」之意的 men。打棒球時，投手站的「投手丘（mound）」，意味著自大地突出的「填土」或「土堆」。

mountain

▶ **mountain**【ˋmaʊntn】图 山

● **mountainous** 圉 多山的、如山一般

》 **get a mountain of letters every day** ／每天都收到堆積如山的信件

》 **a mountainous area** ／山區

▶ **amount**【ə`maʊnt】**動** 達到～　**名** 合計、數量

※ a（朝向～）+ **mount**（山）

→朝向山頂

》**a large** amount **of money** ／
大筆金額

▶ **mount**【maʊnt】**動** 搭乘、攀登、乘載

● **dismount 動** 下車

》mount **the horse** ／騎到馬上

▶ **imminent**【`ɪmənənt】**形** 逼近的

※ im（往上）+ **min**（突出）+ **ent**

（表示狀態）→往上突出

》imminent **danger** ／迫在眉睫的危機

▶ **prominent**【`prɑmənənt】

形 卓越的、顯眼的、知名的

※ pro（往前）+ **min**（突出）

+ **ent**（表示狀態）→往前突出

pro

》**a** prominent **linguist** ／知名的語言學家

minute

字根 ▶ min(i) = 小的

mini（迷你）源自原始印歐語中，意味著「小」的 mei。餐廳的「菜單（menu）」原意是店家所提供之將料理彙整、縮小的東西。常見的日式炸肉餅的英語為 minced meat cutlet，mince 為「切得細碎」之意。

minute

▶ **minute**【`mɪnɪt】图 分、瞬間

【maɪ`njut】形 稀少的

✖將一小時細細切分之物

》**Wait a minute.** ／稍等一下。

》**a minute difference** ／些微的差距

▶ minor 【`maɪnɚ】 形 較小的、不重要的

名 未成年人

✖ min（小的）+ or（更～）→更小的

● minority　名 少數（派）

》 a minor musician／二流音樂家

▶ minimum 【`mɪnəməm】

名 最低限度　形 最低限度的

✖ mini（小的）+ mum（最～）→最小的

》 today's minimum temperature／今天的最低氣溫

▶ minister 【`mɪnɪstɚ】 名 部長、牧師

✖ mini（小的）+ ster（人）

　→服務國民的微小之人

● ministry　名（政府機關的）

部、神職人員

》 the prime minister of Japan／日本首相

▶ administration

【əd,mɪnə`streʃən】名 政權、管理

✖ ad（朝向～）+ minister（部長）

+ ate（打造成～）+ ion（行為）→成為部長

● administer　動 管理、施行

》 the Obama Administration／歐巴馬政權

259

message

字根 ▶ mes, mis, mit = 傳送

有「傳話」之意的 message（信息），語源為〈mes（傳送）+age（東西）〉，傳遞物品或訊息的人稱為 messenger（送信人），missile（導彈）的原意為「送給敵人的東西」。「使命」、「使節團」的英語為 mission，原意是「被送出的東西」。

message

▶ **message**【`mɛsɪdʒ】图 傳話、信息、教訓、目的

✂ **mes**（傳送）+ **age**（東西）→傳送的東西

》 **leave a** message ／留話

》 **commercial** message ／廣告訊息

▶ promise 【`pramɪs】 名 承諾　動 保證

✖ pro（事前）+ mise（傳送）

　→事前送出

》 promise **not to tell lies** ／

　我保證絕不說謊

▶ admit 【əd`mɪt】 動 承認、允許入場（入境、入會）

✖ ad（朝向～）+ mit（傳送）→將～送入

● admission　名 進入、入場費、允許

● admittance　名 入場、進入

》 admit **one's guilt** ／認罪

▶ commit 【kə`mɪt】 動 託付、犯（罪）

✖ com（完全地）+ mit（傳送）

　→託付一切

● committee　名 委員會

》 commit **a crime** ／犯罪

▶ permit 【pə`mɪt】 動 允許

　　　　　【`pɝmɪt】 名 許可（證明）

✖ per（通過～）+ mit（傳送）→准許通過

● permission　名 許可

》 **Smoking is not** permitted **here.** ／這裡禁菸。

miracle

字根 ▶ mir, mar = 看、吃驚

mirror（鏡子）源自拉丁語中，帶有「看」之意的 mirare，
miracle（奇蹟）的語源為〈mira（看）+cle（小東西）〉，
原意為神所創造的驚奇事件。mirage（海市蜃樓）也是相同
語源。

miracle

▶ **miracle**【ˋmɪrək!】名 奇蹟

✖ **mira**（看）+ **cle**（小東西）

》 **by a miracle** ／奇蹟性地

》 **It's a miracle that we met.** ／我們的相遇完全是個奇蹟。

▶ mirror 【`mɪrə】 名 鏡子

✖ mir（看）+ or（物品）

》 a rearview mirror ／後照鏡

▶ admire 【əd`maɪr】 動 讚賞

✖ ad（表示動作的對象）+ mire
（驚訝）→ 為～感到驚訝

● admiration　名 讚賞

● admirable　形 值得讚賞的

》 admire the landscape ／欣賞風景

▶ marvelous 【`mɑrvələs】 形 令人驚嘆的

✖ marvel（令人驚嘆的事）+ ous（～的）

● marvel　動 驚嘆　名 驚嘆

》 make a marvelous discovery ／
有一個令人驚訝的發現

▶ miraculous 【mɪ`rækjələs】 形 奇蹟般的

✖ miracle（奇蹟）+ ous（～的）→ 奇蹟的

》 make a miraculous recovery ／
奇蹟般康復

79

move

字根 ▶ mov(e), mot = **轉動、活動**

原始印歐語中帶有「推動」之意的 meuə，在變化出各種形式之後，被英語借用。「轉動」、「活動」是 move，「動作」、「運動」是 motion，「瞬間」、「片刻」是 moment，「馬達」則是 motor。

move

▶ **move** 【muv】 動 轉動、活動

● movement　图 運動、動作

》 **move to Tokyo** ／搬到東京

》 **an anti-nuclear** movement ／反核運動

▶ remove 【rɪ`muv】 動 去掉、消除

✂ re（再度）+ move（活動）→移動

● removal　名 除去、移動

》 Remove **your cap.** ／把帽子脫了。

▶ motion 【`moʃən】

名 運動、動作、提議

動 以身體的動作來示意

✂ mot（轉動）+ ion（行為）

》 **put** ～ **in** motion ／啟動～

▶ emotion 【ɪ`moʃən】 名 感情

✂ e（向外）+ mot（活動）+ ion
　（狀態）→將心情展露於外

● emotional　形 情感上的

》 **He can't control his** emotion. ／
他無法控制自己的情緒。

▶ promote 【prə`mot】 動 提升

✂ pro（向前）+ mote（活動）
　→向前移動

● promotion　名 升遷

》 **get** promoted **to sales manager** ／升任為業務經理

innovation

字根 ▶ nov, new = 新的

neocon 為 neoconservative 的簡寫,指的是「新保守主義」。在原始印歐語中,「新的」為 newo,在古希臘語中則是 neo,到了拉丁語變化成 nov,然後再進入英語。novel（小說）的語源為〈nov（新的）+el（小東西）〉。

innovation

▶ **innovation**【ˌɪnəˋveʃən】图 創新、新的想法

✂ **in**（在裡面）+ **nov**（新的）+ **ate**（打造成～）+ **ion**（行為）→ 打造成新的

● innovate 動 創新

》 **technological** innovation ／技術革新

》 innovate **the fashion industry** ／讓時尚產業煥然一新

▶ **novel**【`nɑvḷ】图 小說　形 新穎的

✖ **nov**（新的）+ **el**（小東西）

● **novelty**　图 新穎

》 **write a** novel ／寫小説

▶ **novelist**【`nɑvḷɪst】图 小說家

✖ **novel**（小説）+ **ist**（人）

》 **a famous** novelist ／知名小説家

▶ **renewal**【rɪ`njuəl】图 更新、復興

✖ **re**（再度）+ **new**（新的）+ **al**
（行為）→打造成最新的

》 **apply for a** renewal **of
passport** ／申請護照換發

▶ **renovate**【`rɛnə͵vet】勤 更新、改裝

✖ **re**（再度）+ **nov**（新的）+ **ate**
（打造成～）→再度更新

● **renovation**　图 修理、改裝

》 **renovate the old restaurant** ／
將舊餐廳加以改裝

parade

字根 ▶ par(e) = 排列、整頓

父親與母親兩人合稱為 parents（雙親），人們「成群結隊」在街上行走表達意見，則是 parade（遊行）。parasol（陽傘）的原意為「為了（para）太陽（sol）而準備的東西」。

parade

▶ **parade** 【pəˋred】图 隊伍、行進　動 列隊前行

✂ **par**（排列）+ **ade**（狀態）

》 **a military** parade ／軍事遊行

》 parade **through the village** ／行進過村莊

▶ **prepare** 【prɪˋpɛr】 **動** 準備

✖ **pre**（事前）+ **pare**（排列）

→事先排列

● **preparation** **名** 準備

》 **prepare for today's dinner** ／準備今天的晚餐

▶ **repair** 【rɪˋpɛr】 **動** 修理 **名** 修理

◀◀ re

✖ **re**（再度）+ **pair**（排列）

→再次將四處分散的東西排列好

》 **get the bike repaired** ／請人修理自行車

▶ **separate** 【ˋsɛpəˌret】 **動** 分開、拉開

【ˋsɛprɪt】 **形** 分開的、個別的

✖ **se**（分開）+ **par**（排列）+ **ate**

（打造成～、～的）→個別排列

》 **Separate checks, please.** ／請幫我們分開結帳。

▶ **compare** 【kəmˋpɛr】 **動** 比較

✖ **com**（一起）+ **pare**（排列）→一起排列

● **comparison** **名** 比較、對照

● **comparative** **形** 相對的

》 **compared with** ～／與～相比

82

company

字根 ▶ pa(n) = 給予食物、麵包

語源可追溯至原始印歐語中意味著「給予食物」的 pa。在新約聖經中，基督徒將自己比喻為牧羊者，所以「牧師」稱為 pastor，即「以飼料餵食羊隻的人」。

▶ company【ˋkʌmpənɪ】名 公司、同伴、同儕

com（一起）+ **pan**（麵包）+ **y**（場所）→一起吃麵包的地方

》**work for an airline company** ／在航空公司服務

》**I enjoyed his company.** ／和他一起很開心。

▶ **accompany** 【əˋkʌmpənɪ】 動 一起前往

✖ **a(c)**（朝向～）+ **company**
（同伴）→到同伴那裡去

》 **I accompanied him to the airport.** ／我陪他到機場去。

a(c)

▶ **companion** 【kəmˋpænjən】 名 同伴、同行者

✖ **com**（一起）+ **pan**（麵包）+ **ion**（行為）
→一起吃麵包的人

》 **a traveling** companion ／旅伴

▶ **pantry** 【ˋpæntrɪ】 名 食品儲藏室

✖ **pan**（麵包）+ **try**（場所）
→有麵包的地方

》 **keep bread in the** pantry ／將麵包存放在食品儲藏室裡

▶ **pasture** 【ˋpæstʃɚ】 名 牧草（地）

✖ 餵食家畜的地方

》 **own a** pasture **in Hokkaido** ／
在北海道擁有一片牧草地

part

字根 ▶ part = 分開、部分

department（百貨公司）的語源為〈de（分離）+part（分開）+ment（東西）〉，原意為「將（一棟建築物）個別分開而成的東西」。compartment（火車的隔間）的語源為〈com（完全地）+part（分開）+ment（物品）〉，原意是「清楚分開的東西」。

part

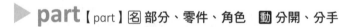

▶ **part**【part】图 部分、零件、角色　動 分開、分手

》 **play an important part** ／扮演重要角色

》 **part with the watch** ／捨棄這個手錶

▶ departure 【dɪˋpɑrtʃə】 名 出發

✂ de（分離）+ part（分開）+ ure
（行為）→從〜分出來

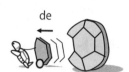

● depart 動 出發

》 arrival and departure ／抵達與出發

▶ participate 【pɑrˋtɪsəˏpet】 動 參加

✂ part（部分）+ cip（拿取）+ ate（打造成〜）
→拿取一部分

● participation 名 參加

》 participate in the game ／參加比賽

▶ particular 【pəˋtɪkjələ】 形 特定的、挑剔的

✂ part（部分）+ cle（小東西）
+ ar（〜的）→部分的

》 particular about clothes ／
對穿著很講究

▶ apartment 【əˋpɑrtmənt】 名 公寓

✂ a（表示動作的對象）+ part（分開）
+ ment（物品）→被分開的房間

》 live in an apartment ／住在公寓裡

84

telepathy

字根 ▶ pat(h), pass = 感覺、痛苦

不靠五感就可以感受到對方在思考的事情或情緒，稱為 telepathy（心電感應），語源為〈tele（遙遠地）+path（感覺）+y（行為）〉，即可以感受到在遠處者的心情。tele 為「遙遠」之意，相關字彙還包括 telephone（電話）、telegraph（電報）、telescope（望遠鏡）。

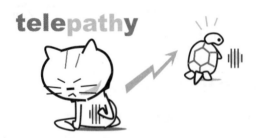

▶ **telepathy**【təˋlɛpəθɪ】 图 心電感應

✂ **tele**（遙遠地）+ **path**（感覺）+ **y**（行為）

》 **The twins have** telepathy. ／那對雙胞胎有心電感應。

》 **communicate by** telepathy ／透過心電感應來溝通

▶ **passion**【`pæʃən】 名 （強烈的）情感、盛怒

✖ **pass**（感受）+ **ion**（狀態）→ 感受

● **passionate** 形 熱情的

》 **in a passion** ／盛怒之下

▶ **passive**【`pæsɪv】 形 被動的、消極的

✖ **pass**（感覺）+ **ive**（～的）→ 感受

》 **take a passive attitude** ／
採取消極的態度

▶ **patient**【`peʃənt】

名 患者 　形 有耐心的

✖ **pat**（痛苦）+ **ent**（人）→ 痛苦的人

》 **a patient child** ／有耐心的孩子

▶ **sympathy**【`sɪmpəθɪ】 名 同情

✖ **sym**（一起）+ **path**（感覺）+ **y**（行為）
→ 擁有相同的情感

● **sympathize** 動 同情

》 **I feel sympathy for him.** ／
我很同情他。

85

pass

字根 ▶ pas(s) = 走路、經過

在過去沒有飛機的時代，前往海外的唯一方法就是搭船，經過（pass）港口（port）時，要出示的東西就是 passport（護照）。相對於道路和軌道，地底下的道路稱為 underpass（地下通道）。pastime 的語源為〈pas（經過）+time（時間）〉，有「消遣」的意思。

pass

▶ **pass**【pæs】 動 經過、通過、橫渡

名 入場許可、合格、通行證

》 **pass the exam** ／通過考試

》 **Pass me the salt.** ／把鹽巴遞給我。

▶ **passage**【`pæsɪdʒ】图 通道、一節

✖ **pass**（經過）+ **age**（行為）→經過

》 a **passage** from Shakespeare ／
　《莎士比亞》中的一節

▶ **passenger**【`pæsndʒɚ】
　图 乘客

✖ **pass**（經過）+ **er**（人）→經過的人

》 a transit **passenger** ／轉車的乘客

▶ **surpass**【sɚ`pæs】
　動 勝過～、超越～

✖ **sur**（超越）+ **pass**（步行）

》 **surpass** the expectations ／超乎預期

▶ **compass**【`kʌmpəs】图 指南針、領域、界線

✖ **com**（一起）+ **pass**（步行）

》 draw a circle with a **compass** ／
　以圓規畫圓

propel

字根 ▶ pel, pul, pul(s) = 迫使、推、打

pulse（脈搏）源自拉丁語，當動詞使用時有「脈搏跳動」、「悸動」之意，可追溯至原始印歐語中帶有「迫使」、「推」、「打」之意的 pel。push（推）也是相同語源。

pro

propel

▶ **propel**【prəˋpɛl】 **動** 使前進、催促

✂ **pro**（向前）+ **pel**（迫使）→迫使向前

● propeller 名 螺旋槳

》**a boat** propelled **by a steam engine** ／以蒸汽引擎為動力的船隻

》**a** propeller **airplane** ／螺旋槳飛機

▶ compel 【kəm`pɛl】 動 強迫

✖ com（一起）+ pel（迫使）

　→眾人一起促使

》 **be compelled to sign the contract** ／被迫簽屬條約

▶ compulsory 【kəm`pʌlsərɪ】 形 義務的

✖ com（一起）+ puls（逼迫）

　+ ory（～的）→眾人一起促使

》 **compulsory education** ／義務教育

▶ expel 【ɪk`spɛl】 動 驅逐

ex

✖ ex（向外）+ pel（逼迫）

　→推到外面

》 **be expelled from school** ／被學校開除

▶ impulse 【`ɪmpʌls】 名 衝動

✖ im（向上）+ puls（迫使）

　→逼迫人們的東西

》 **do impulse buying** ／衝動購物

87

spend

字根 ▶ pend = 懸掛、秤重

在商業場合中使用的 pending，多半是「延期」、「暫停」之意，pending 的原意為「垂釣」。同樣地，pendant（掛飾）的原意是「（自胸口）垂吊而下」。

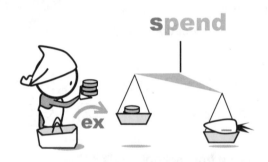

spend

▶ **spend**【spɛnd】**動** 花費、度過

✄ **s**（向外）+ **pend**（計量）

》 spend **a week in Hokkaido** ／在北海道待了一個禮拜

》 spend **a lot of money on clothes** ／在買衣服上花了很多錢

▶ depend【dɪˋpɛnd】動 依賴、依據～

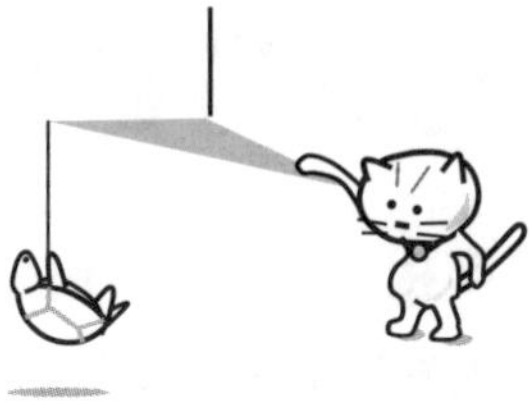

de（向下）+ **pend**（懸掛）
→向下垂吊

● dependent 形 依賴的

》**It** depends **on you.**／由你決定。

▶ independent【ˌɪndɪˋpɛndənt】形 獨立的

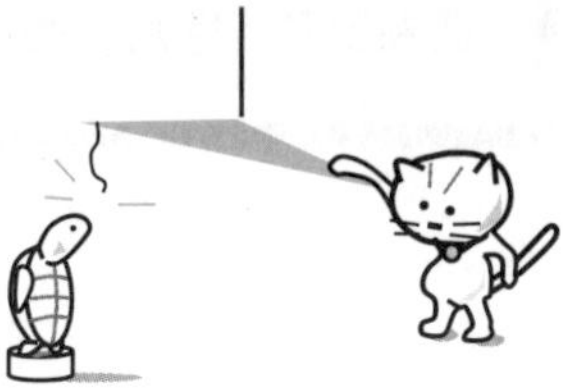

in（不是～）+ **depend**（依賴）
+ **ent**（表示狀態）→不依賴

● independence 名 獨立

》**I'm** independent **of my parents.**／我離開雙親獨立生活。

▶ suspend【səˋspɛnd】動 懸掛、暫停取消

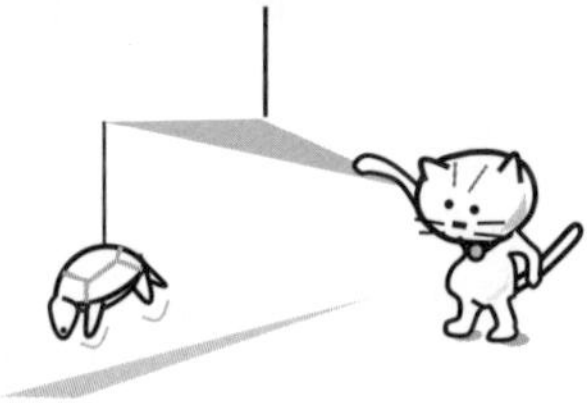

sus（向下）+ **pend**（懸掛）
→向下垂吊

● suspense 名 不安、緊張感

》suspended **sentence**／判處緩刑

▶ expense【ɪkˋspɛns】名 費用、經費（複數形）

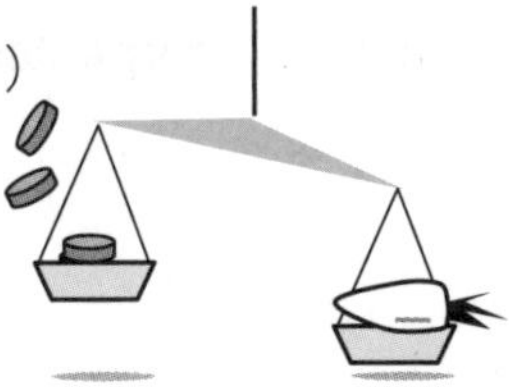

ex（向外）+ **pense**（以天平秤重）
→測量出的東西

● expensive 形 昂貴的

》**living** expenses／生活費

expert

字根 ▶ per(i)、pir(i) = 嘗試、冒險

加勒比海盜的英語為 Pirates of the Caribbean，pirate（海盜）的語源為〈pir（冒險）+ate（人）〉，源自有「嘗試」、「冒險」之意的拉丁語 per(i)、pir(i)，原始印歐語可追溯至有「向前（邁進）」之意的 per。

expert

▶ **expert**【ˋɛkspɚt】 名 專家　形 熟練的、內行的

✂ **ex**（向外）+ **pert**（嘗試）→熟練的人

》 an **expert** on sociology ／社會學家

》 an **expert** carpenter ／技巧老練的木工

▶ experience 【ɪk`spɪrɪəns】 名 經驗 動 經歷

✖ **ex**（在外面）+ **peri**（嘗試）
+ **ence**（行為）→ 在外面嘗試

》 **for lack of** experience ／因為經驗不足

▶ experiment 【ɪk`spɛrəmənt】

名 實驗 動 做實驗

✖ **ex**（在外面）+ **peri**（嘗試）
+ **ment**（行為）→ 在外面嘗試

● experimental 形 實驗性的

》 **carry out** experiments **on animals** ／進行動物實驗

▶ peril 【`pɛrəl】 名 危險

✖ **per**（冒險）+ **il**（小東西）→ 冒危險

● perilous 形 危險的

》 **at one's** peril ／冒著危險

▶ pirate 【`paɪrət】 名 海盜、侵害著作權者

動 侵害著作權

✖ **pir**（冒險）+ **ate**（人）→ 冒險的人

● piracy 名 海盜行為、侵害著作權

》 **a** pirate **ship** ／海盜船

plane

字根 ▶ plan, flat = 平坦的

在原始印歐語中，有著「平坦」之意的 pele，後來變化成 pla 和 fla。平坦的「盤子」或「木板」稱為 plate，從「平坦的→平面圖」的聯想來「（進行）規畫」稱為 plan，「平原」稱為 plains，平坦而廣闊的「場所」稱為 place，「廣場」是 plaza，形狀平坦的「鰈魚」稱為 plaice。apartment（公寓）在英國稱為 flat，它的原意是「平坦的床」。

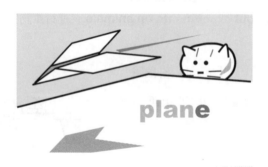

plane

▶ **plane**【plen】图 飛機、平面　形 平坦的

》 **get on a plane** ／搭乘飛機

》 **a plane surface** ／平坦的表面

▶ plan 【plæn】 名 計畫、設計圖　動 做計畫

✖ 平面圖

》 **Do you have any plans for today?** /
你今天有什麼安排嗎？

▶ plant 【plænt】

名 植物　動 種植

✖ 把腳底伸平

》 **tropical plants** /熱帶植物

▶ explain 【ɪkˋsplen】 動 說明

✖ **ex**（向外）+ **plain**（平坦的）
　→除去障礙物，讓其變得平坦

》 **explain the reason** /說明理由

▶ flat 【flæt】 形 平坦的　副 剛好地

● **flatten** 動 使平坦

》 **a flat surface** /平坦的表面

point

字根 ▶ point, punct = 指出、點

point 當動詞用是「指出（一點）」的意思，做為名詞則為「點（數）」、「要點」、「論點」之意，原意為「尖尖的頂端」。

point

▶ **point**【pɔɪnt】 名 點、前端、要點 動 指出

》 **point out a mistake** ／指出錯誤

》 **to the point** ／切中要點

▶ **appoint** 【ə`pɔɪnt】 動 任命、指派

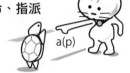

✖ **a(p)**（表示動作的對象）+ **point**
（指）→指出～

》 **appoint a date for the meeting** ／決定開會日期

▶ **appointment** 【ə`pɔɪntmənt】

图 預約、（會面的）約定

✖ **a(p)**（表示動作的對象）+ **point**
（指出）+ **ment**（行為）→指出～

》 **have another appointment** ／有其他的約

▶ **disappoint** 【͵dɪsə`pɔɪnt】 動 讓人失望

✖ **dis**（不是～）+ **a(p)**（表示動作的對象）
+ **point**（指出）→沒有指出～

● **disappointment** 图 失望

》 **be disappointed at the news** ／
對這個消息感到失望

▶ **punctual** 【`pʌŋktʃʊəl】 形 遵守時間（期限）

✖ **punct**（點）+ **ual**（～的）→一點的～

》 **be punctual for appointments** ／
要準時赴約

purpose

字根 ▶ pose, posit = 放置

暫停的英語為 pause，這個字的語源和 pose（姿勢、態度）相同，原意為「放置」或「停止」。propose 本來是在對方面前提出「結婚」，後轉變成「求婚、提議」之意。

purpose

▶ **purpose 【ˋpɝpəs】图 目的**

✂ **pur**（=pro，事前）+ **pose**（放置）→事前放置

》 **What's the purpose of your visit?** ／你造訪的目的是什麼？

》 **on purpose** ／故意地

▶ **expose**【ɪkˋspoz】動 暴露

✖ **ex**（向外）+ **pose**（放置）

→放在外面

● **exposition** 名 展覽會

》**be exposed to** ～／暴露於、遭受～

▶ **impose**【ɪmˋpoz】動 課徵、強加

✖ **im**（在上方）+ **pose**（放置）

→放在人的上方

》**impose taxes on imports**／課徵進口稅

▶ **position**【pəˋzɪʃən】名 位置、立場、姿勢

✖ **posit**（放置）+ **ion**（狀態）

→放置的場所

》**I'm not in a position to** ～／我沒有立場～

▶ **opposite**【ˋɑpəzɪt】形 對面的

名 對立的人（物品、事情）

✖ **op**（朝向～）+ **posite**（放置）

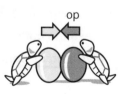

● **oppose** 動 反對

● **opposition** 名 反對

》**in the opposite direction**／朝著相反方向

press

字根 ▶ press = 推

espresso（濃縮咖啡）和意味著「快車」的 express 具相同語源，皆為〈ex（向外）+presso（被推）〉，源自利用蒸氣的壓力，快速將咖啡萃取出來。print（印刷）也來自相同語源。

press

......

▶ press 【prɛs】**動** 推、強迫

● **the press** **名** 報紙、媒體、出版界、新聞記者

》 **press the button** ／按下按鈕

》 **give a press conference** ／召開記者會

▶ **pressure**【`prɛʃə】

名 壓迫、壓力、重壓

✖ **press**（推）+ **ure**（行為）

》 **high blood pressure**／高血壓

▶ **express**【ɪk`sprɛs】動 表達 名 快車 形 快速的

✖ **ex**（向外）+ **press**（推）→將情緒推出去

● **expression** 名 表達

》 **I can't express myself in English.**／
我無法用英文表達自己的意思。

▶ **depress**【dɪ`prɛs】動 令人沮喪、減少

✖ **de**（向下）+ **press**（推）→往下推

● **depression** 名 不景氣、意志消沉

》 **feel depressed**／覺得沮喪

▶ **impress**【ɪm`prɛs】動 留下深刻印象

✖ **im**（在上方）+ **press**（推）→強壓在心上

● **impression** 名 印象

● **impressive** 形 印象深刻的

》 **What's your impression of Japan?**／你對日本的印象
如何？

price

字根 ▶ pric, prec(i) = 交易、販賣

price（行情、價格）和 prize（獎品、獎金）原意皆為「交易的東西」。pornography（色情書刊）也是源自〈porno（透過金錢進行交易→購買）+ graphy（畫出的東西）〉。priceless 的語源為〈price（價格）+ less（沒有～）〉，後來轉變為「非常貴重」之意。

price

▶ **price** 【praɪs】 图 行情、價格、代價　動 為～定價

》 **at a reasonable price** ／合理的價格

》 **at the price of one's life** ／以性命為代價

▶ **precious** 【`prɛʃəs】形 貴重的、高價的

❌ **preci**（價格）+ **ous**（～的）

→價格昂貴，十分貴重

》 **the most precious thing in life** ／
一生中最珍貴的東西

▶ **appreciate** 【ə`priʃɪ,et】動 欣賞、感謝

❌ **a(p)**（表示動作的對象）+ **preci**（價值）

+ **ate**（打造成～）→價格昂貴

● **appreciation** 图 漲價、價格變高

》 **I appreciate your kindness.** ／感謝您的好意。

▶ **interpret** 【ɪn`tɝprɪt】動 口譯、解釋

❌ **inter**（在～之間）+ **pret**（交易）

→進入～之間進行交易

inter

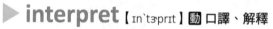

● **interpreter** 图 口譯（者）

》 **interpret the passage** ／解釋這一節

▶ **praise** 【prez】動 讚揚、讚賞 名 稱讚

❌ 標價

》 **be praised for** ～／因～受到讚賞

surprise

字根 ▶ pris(e) = 抓住

prey 為肉食動物的「獵物」或「餌」，源自「被捕抓」的拉丁語。能夠水平、垂直飛行的輸送機 Osprey，名稱便取自「魚鷹（osprey）」，此為猛禽類動物的一種，原意為「捕食之鳥」。

surprise

▶ **surprise**【səˋpraɪz】**動** 讓人吃驚　**名** 驚奇

✖ **sur**（在上面）**+ prise**（抓住）→從上面抓住

》**I was surprised at the news.** ／那消息讓我非常吃驚。

》**What a surprise!** ／太讓人驚訝了！

▶ comprise 【kəm`praɪz】 動 包含、由～組成

✖ com（一起）+ prise（抓住）

→大家一起抓住

》 **America comprises fifty states.** ／
美國由五十個州組成。

▶ enterprise 【`ɛntə͵praɪz】 名 事業、企業

✖ enter（在～之間）+ prise（抓住）

→抓在手中

》 **a huge private enterprise** ／
大型民間企業

▶ prison 【`prɪzn】 名 監獄

✖ 被抓住

● **prisoner** 名 囚犯、俘虜

》 **be sent to prison** ／被關入監牢

▶ imprison 【ɪm`prɪzn】 動 入獄

✖ im（在～裡面）+ prison（監獄）→在監獄裡面

● **imprisonment** 名 入獄、監禁

》 **He was imprisoned for murder.** ／他因殺人而入獄。

popular

字根 ▶ popul, publ = 眾人

「K pop」指的是韓國流行音樂（Korean pop），pop 乃 popular music（流行歌）之意。popular 有「受歡迎」之意，語源為〈popul（人們）+ar（～的）〉，peoples（人們）、a people（國民）也是來自相同語源。

popular

▶ **popular**【ˋpɑpjələ】形 受歡迎的

✖ **popul**（眾人）+ **ar**（～的）

● **popularity** 名 人氣

》 **He's popular among boys.** ／他很受男孩子的歡迎。

》 **lose popularity** ／不再受歡迎

▶ **population** 【ˌpɑpjəˋleʃən】名 人口

✖ **popul**（眾人）+ **ate**（打造成～）
　+ **ion**（狀態）→有許多人

》 **What's the population of this town?** ／這個城市的人口是多少？

▶ **public** 【ˋpʌblɪk】形 公共的、公家的

✖ **publ**（大眾）+ **ic**（～的）→大眾的

● **publicity** 名 名聲、廣告

》 **public transportation** ／大眾運輸工具

▶ **publish** 【ˋpʌblɪʃ】動 出版、刊載

✖ **publ**（大眾）+ **ish**（打造成～）
　→對大眾公開

● **publication** 名 出版（物）、發行

》 **publish a novel** ／出版一本小說

▶ **republic** 【rɪˋpʌblɪk】名 共和國

✖ **re**（事情）+ **publ**（大眾）+ **ic**
　（～的）→大眾的事情

● **republican** 形 共和國的

》 **the Republic of China** ／中華民國

question

字根 ▶ quest, quire = 尋求

向對方要答案的「提問」是 question，原意為〈quest（尋求）+ tion（行為）〉。conquest 的語源為〈con（完全地）+quest（尋求）〉，意思是「征服」。「問卷」的英語是 questionaire，源自法文的 enquête。

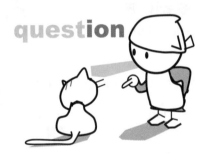

▶ **question【ˋkwɛstʃən】**

名 問題、詢問　動 詢問、對～感到疑問

✄ **quest**（尋求）**+ ion**（行為結果）→向對方要求的東西

》 **an answer to the** question ／那個問題的答案

》 question **the suspect** ／審問嫌犯

▶ **acquire**【ə`kwaɪr】🎬 獲得、學到

❌ **a(c)**（表示動作的對象）+ **quire**

（尋求）→尋求～

》 acquire **a taste for wine** ／

品嚐葡萄酒的風味

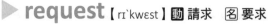

▶ **request**【rɪ`kwɛst】🎬 請求　🈺 要求

❌ **re**（再度）+ **quest**（請求給予）

》 **Any** requests**?** ／需要任何東西嗎？

▶ **require**【rɪ`kwaɪr】🎬 需要

❌ **re**（再度）+ **quire**（尋求）

● requirement　🈺 必備條件

》 **a job** requiring **computer skills** ／

必須具備電腦技能的工作

▶ **inquire**【ɪn`kwaɪr】🎬 詢問

❌ **in**（在裡面）+ **quire**（尋求）

→進入裡面尋求答案

● inquiry　🈺 詢問、調查

》 inquire **the way to the airport** ／詢問到機場的路怎麼走

address

字根 ▶ dress, rect = **筆直的**

dress（洋裝）源自「變得筆直」之意的拉丁語，從「仔細整理」變化成「穿著正式服裝」的意思。淋在料理上的 dressing（醬汁）原意為幫料理「穿上衣服」。

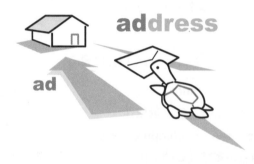

▶ **address** 【əˋdrɛs】图 地址、演說 動 跟人說話

✂ **ad**（朝向～）+ **dress**（筆直的）→朝著筆直的方向

》 **Can I ask your e-mail address?** ／可以告訴我你的 e-mail 地址嗎？

》 **make an opening address** ／進行開幕致詞

▶ correct 【kəˋrɛkt】形 正確的、恰當的　動 改正

✄ **co(r)**（完全地）+ **rect**（筆直的）

→完全筆直的

● correct　名 改正

》 **give a correct answer** ／提出正確答案

▶ direct 【dəˋrɛkt】

　　動 朝向、指揮　形 直接的

✄ **de**（離開）+ **rect**（筆直的）

→引導位於離開之場所的東西，讓它筆直

》 **a direct flight from Osaka to London** ／從大阪往倫敦
的直飛班機

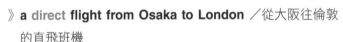

▶ direction 【dəˋrɛkʃən】名 方向、指示

✄ **direct**（朝向）+ **ion**（行為）→朝向

》 **in the south direction** ／前往南方

▶ erect 【ɪˋrɛkt】動 建立、豎立　形 垂直的

✄ **e**（向外）+ **rect**（筆直的）→筆直地立著

》 **erect a statue** ／豎立雕像

98

abrupt

字根 ▶ rupt, rout(e) = 毀壞、壞掉

有「道路」、「路徑」之意的 route，源自有「毀壞」之意的拉丁語，意思是「切開的道路」。意味著「一成不變的生活」或「例行之事」的 routine，原意則為「常走的小徑」。

▶ **abrupt** 【əˋbrʌpt】 彫 突然的

✂ **ab**（離開）+ **rupt**（壞掉）→崩落

》 **come to an** abrupt **stop** ／突然停止

▶ route 【rut】

图 道路（路線）、路徑、○號線

》 **a bus route** ／巴士路線

》 **take the shortest route to Kyoto** ／
走最短的路徑到京都

▶ bankrupt 【`bæŋkrʌpt】 形 破產的

✂ **bank**（當鋪的長凳）+ **rupt**（壞掉）

→銀行崩垮

》 **go bankrupt** ／破產

▶ corrupt 【kə`rʌpt】 形 腐敗 動（使）墮落

✂ **co(r)**（完全地）+ **rupt**（壞掉）

→徹底崩垮

● **corruption** 图 墮落、腐敗的行為

》 **corrupt politicians** ／墮落的政客們

▶ interrupt 【ˌɪntə`rʌpt】 動 打擾、打斷

✂ **inter**（在～之間）+ **rupt**（破壞）

→進入～之間加以破壞

● **interruption** 图 打斷、阻礙

》 **Excuse me for interrupting
you, but...** ／抱歉打斷你的話，但……。

escalate

字根 ▶ scend, sca(l), scan = 攀登

意味著「規模」、「階段」、「刻度」的 scale，原意為拉丁語中的「攀登（梯子）」，escalator 的語源為〈e（向外）+scale（攀登）+ate（打造成～）+or（物品）〉，即「藉以往上攀爬的東西」。scandal（醜聞）原意為「往上跳的東西」，源自 skandalon，意味著將敵人絆倒的「彈簧式陷阱」。

escalate

▶ **escalate**【ˋɛskəˌlet】

　動 使（逐步）增強、上升、擴大

✖ **e**（向外）+ **scale**（攀登）+ **ate**（打造成～）

● escalation　图 增強、上升、擴大

》 escalate **the complaint** ／提高抱怨的聲浪

》 **get on an** escalator ／搭乘手扶梯

▶ ascend【ə`sɛnd】動 攀登、上升

✖ a（朝向～）+ scend（攀登）→攀登

● ascent 名 上升、上坡

》 ascend **the stairs** ／爬上樓梯

▶ descend【dɪ`sɛnd】動 下降、走下

✖ de（向下）+ scend（攀登）→下降

● descent 名 降下、下坡

● descendant 名 子孫

》 descend **the mountain** ／下山

▶ scale【skel】

名 規模、階段、刻度　動 攀登

✖ 攀登

》 **on a large** scale ／大規模地

▶ scan【skæn】動 細看、審視、掃描　名 精密檢查

✖ 攀登後，從上方細看

● scanner 名 掃描機

》 scan **the newspaper** ／仔細讀著報紙

special

字根 ▶ spec(i) = 看

過去在歐洲，和金銀財寶等價的「香料（spice）」被當作藥物來使用，spice 源自拉丁語中有著「看」或「種子」之意的 species。special（特別的）則是特別地瞪大眼睛看的東西。

special

▶ **special**【ˋspɛʃəl】形 特別的、獨特的

✂ **spec**（看）+ **ial**（～的）→看得見

● **specialist** 名 專家

● **specialty** 名 專業、特產

》 **special training** ／特別訓練

》 **a specialist in medicine** ／醫學專家

▶ specialize 【`spɛʃəl,aɪz】 動 專攻

✂ special（特別的）+ ize（打造成～）

→變得特別

》 specialize in economics ／
主攻經濟學

▶ especially 【ə`spɛʃəlɪ】 副 特別地

✂ e（向外）+ spec（看）+ ial
（～的）+ ly（～地）→特別醒目

》 I like movies, especially horror
movies. ／我喜歡看電影，特別是恐怖電影。

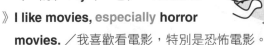

▶ species 【`spiʃiz】 名 種、種類

✂ 看到的東西、可以看到的東西

》 protect an endangered
species ／保護瀕臨絕種的物種

▶ specific 【spɪ`sɪfɪk】 形 明確的、具體的　名 詳情

✂ spec（看）+ ic（～的）→看得見

● specifically 副 明確地、特別地

》 to be specific ／具體來說

respect

字根 ▶ **spect = 看**

spectacle 的語源為〈spect（看）+ cle（小東西）〉，原意為「看的東西」，複數形 spectacles 也有「眼鏡」的意思。形容詞 spectacular 則為「壯觀」、「精彩」之意。

respect

▶ **respect**【rɪ`spɛkt】**動** 尊敬 **名** 尊敬、著眼點

✖ **re**（後面）+ **spect**（看）→回頭看

● **respectful** **形** 恭敬的

● **respectable** **形** 體面的、認真的

● **respective** **形** 各自的

》 **I respect her as a teacher.** ／她是一個讓人尊敬的老師。

》 **receive a respectable education** ／接受正統教育

▶ **inspect**【ɪn`spɛkt】**動** 檢查、視察

❖ **in**（在～裡面）+ **spect**（看）→ 看裡面

● **inspection** **名** 檢查、視察

》 **inspect a car engine** ／檢查車輛的引擎

▶ **expect**【ɪk`spɛkt】**動** 預期、期待

❖ **ex**（在外面）+ **spect**（看）→ 看外面

● **expectation** **名** 預料、期待

》 **Don't expect too much of me.** ／
不要對我抱太大期望。

▶ **suspect**【sə`spɛkt】**動** 懷疑

【`səspɛkt】**名** 嫌疑犯

❖ **su**（在下面）+ **spect**（看）
→ 從下面看

》 **arrest the suspect** ／逮捕嫌疑犯

▶ **aspect**【`æspɛkt】**名** 方面、外觀

❖ **a**（朝向～）+ **spect**（看）
→ 看著某個方向

》 **My house has a southern aspect.** ／我的房子面向南方。

seem

字根 ▶ seem, sem, simil = 相同、一樣

simple（單純）的原意是「只折一次」，源自原始印歐語中意味著「一」或「相同」的 sem。seem（看起來跟～一樣）、same（相同）和 single（獨自一人）也是相同語源。

seem

▶ **seem**【sim】**動** 看起來好像～

● seemingly　**副** 表面上

》 **He seems busy.** ／他好像很忙。

》 **It seems he is busy.** ／他好像很忙。

▶ assemble 【ə`sɛmbḷ】動 組裝、收集

✘ **a(s)**（朝向～）+ **sem**（相同）
+ **ble**（反覆）→弄成同一個方向

● **assembly** 名 集會

》 **assemble a computer** ／組裝電腦

▶ resemble 【rɪ`zɛmbḷ】動 相似

✘ **re**（完全地）+ **sem**（相同）+ **ble**
（反覆）→完全相似

● **resemblance** 名 相似（點）

》 **I resemble my mother.** ／我和媽媽很像。

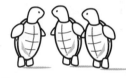

▶ similar 【`sɪmələ】形 相似的

✘ **simil**（相同）+ **ar**（～的）→一樣的

● **similarity** 名 相似（點）

》 **Your watch is similar to mine.** ／你的手錶和我的很像。

▶ simultaneous 【,saɪmḷ`tenɪəs】形 同時的

✘ **simul**（相同）+ **tan**（=time，時間）+ **ous**（～的）
→同時的

》 **simultaneous interpretation** ／同步口譯

sensor

字根 ▶ sens, sent = 感覺

感應聲音、光線、溫度等，並將其轉變成信號的感應器稱為 sensor，sensor 的語源為〈sens（感覺）+ or（物品）〉。 sentence 的原意為「感覺到的東西」，除了轉變為「句子」 之意，也意味法官感受到的事，代表「判決」或「做出判決」之意。

sensor 【`sɛnsə】 名 感應器**

✂ **sens**（感覺）+ **or**（物品）

》 **an infrared** sensor ／紅外線感應器

》 **have a** sensor **function** ／具備感應器的功能

▶ **sense** 【sɛns】**動** 感覺

　　名 感覺、○○感、 區分、意識

✖ 感覺

》 **a sense of responsibility** ／責任感

▶ **sensible** 【`sɛnsəb!】**形** 理智的、明智的

✖ sens（感覺）+ **ible**（可以～）

　　→能夠感覺到

● **insensible**　**形** 無感覺的

》 **a sensible person** ／理智的人

▶ **sensitive** 【`sɛnsətɪv】**形** 敏感的

✖ sens（感覺）+ **ive**（～的）→善感的

● **insensitive**　**形** 遲鈍的、沒有神經的

》 **sensitive skin** ／敏感肌膚

▶ **sentence** 【`sɛntəns】

　　名 句子、判決　**動** 做出判決

✖ sent（感覺）+ **ence**（行為）→判決

》 **He was sentenced to death.** ／

　　他被宣判為死刑。

series

字根 ▶ ser(t) = 連結、排列

根據一定的標準，將資料重新排列稱為 sort（分類），這個字源自原始印歐語中帶有「排列」之意的 ser。巧克力的「綜合搭配（assortment）」，指的是將各個種類的巧克力「混合包裝」，正確的說法是 assorted chocolates。assortment 的 語 源 為〈a(s)（ 朝 向 ～ ）+ sort（ 排 列 ）+ ment（ 物品 ）〉，用來表示「被混合包裝的東西」。

▶ **series** 【ˋsiriz】图 **連續、系列**

》 **a series of discoveries** ／一系列的探索
》 **the World Series** ／（棒球的）世界大賽

▶ **sort**【sɔrt】名 種類、類型 動 分類、區分

❌ 排列

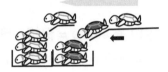

》 **She is not my sort.** ／
她不是我欣賞的類型。

▶ **desert**【dɪˋzɝt】動 遺棄 【ˋdɛzɚt】名 沙漠

❌ **de**（不是～）+ **sert**（連結）

→沒有連結

》 **the Sahara Desert** ／撒哈拉沙漠

▶ **exert**【ɪgˋzɝt】動 發揮

❌ **ex**（向外）+ **sert**（連結）

→連結出去

● **exertion** 名 費力、努力

》 **exert oneself** ／竭盡全力

▶ **insert**【ɪnˋsɝt】動 插入

❌ **in**（在裡面）+ **sert**（連結）→連結進去

》 **insert a coin into the**
vending machine ／
把銅板投進自動販賣機

reserve

字根 ▶ serve = 保持、守護

在餐廳的桌上，若有個「R」的記號，表示那是「預約座位」，完整的說法是 Reserved Seat。在運動比賽中，reserve 的選手，表示「預備」、「替補」之意。此外，若葡萄酒瓶上出現了 reserve 這個字，表示有一定酒精度數和最短熟成年數的葡萄酒。

▶ **reserve** 【rɪˋzɝv】

動 預約、珍藏　　**名** 儲備、預備、候補

✂ **re**（在後面）+ **serve**（保持）→收藏在後面

》 **reserve a table for two** ／預約兩個人的座位
》 **a reserve team** ／二軍隊伍

▶ reservation 【,rɛzəˈveʃən】 名 預約

✂ **reserve**（預約）+ **ion**（行為）
→收藏在後面

》 **make a reservation** ／預約

▶ conserve 【kənˈsɝv】 動 保存、節省

✂ **con**（一起）+ **serve**（保持）→大家一起收藏

● **conservative** 形 保守的
● **conservation** 名 保存、保護

》 **conserve energy** ／節約能源

▶ observe 【əbˈzɝv】 動 觀察、遵守

✂ **ob**（朝向～）+ **serve**（守護）→守護～

● **observation** 名 觀察
● **observance** 名 遵守

》 **observe the stars** ／觀察星星

▶ preserve 【prɪˈzɝv】 動 保存、保護

✂ **pre**（事前）+ **serve**（保存）→事前收藏

● **preservation** 名 保存

》 **preserve rain forests** ／
保護熱帶雨林

317

side

字根 ▶ side = 旁邊

表示「面」、「側」的 side，源自古英語的「側腹」。outside 指的是「外側」，inside 指的是「內側」，upside 是「上側」，downside 則是「下側」的意思。

side

▶ **side** 【saɪd】图 **面、側面、旁邊**

》 **on both sides of the street** ／在街道兩旁

》 **drive on the left-hand side** ／靠左行駛

▶ aside 【ə`saɪd】副 到旁邊

❌ a（朝向～）+ side（旁邊）

　→到旁邊

》aside from ～／除了～

▶ beside 【bɪ`saɪd】介 在～旁邊、與～為鄰

❌ be（=by，在旁邊）+ side（旁邊）

　→在旁邊

》a girl sitting beside me ／
　有個女孩坐在我旁邊

▶ besides 【bɪ`saɪdz】副 在～上面　介 除了～之外

❌ beside（旁邊）+ s（在～）

》speak French besides English ／
　除了英語之外還講法語

▶ alongside 【ə`lɔŋ`saɪd】

　介 與～並排、和～一起　副 在旁邊、並排地

❌ along（沿著～）+ side（旁邊）

》We sat alongside each other. ／
　我們並排而坐。

sit

字根 ▶ sit, set = 坐

sit（坐）、set（放置）、seat（座位）、saddle（馬鞍）、
sedan（轎車）、settle（定居），這些字都源自原始印歐語
中意味著「坐」的 sed。president（總統）的語源為〈pre
（之前的）＋ sid（坐）＋ ent（人）〉。

sit

▶ **sit**【sɪt】**動** 坐、坐著

》**sit watching TV** ╱正坐著看電視
》**sit still** ╱坐著不動

▶ site【saɪt】

名 地皮、遺跡、網站

》 **an official site** ／官方網站

▶ situation【,sɪtʃʊˋeʃən】 名 情況、地位

✂ **sit**（坐）+ **ate**（打造成～）
+ **ion**（狀態）→坐著

● situated　形 位於～

》 **a win-win situation** ／雙贏的局面

▶ seat【sit】 名 座位　動 就坐

》 **Please seat yourself.** ／請就坐。

▶ settle【ˋsɛt!】 動 定居、安定、解決

✂ **set**（坐）+ **tle**（反覆）

● settlement　名 解決、定居

》 **settle in California** ／在加州定居

star

字根 ▶ ster, sider, sire, astro = 星星

aster（紫菀屬植物）為菊科的花，呈現星形，這個字源自拉丁語的「星星」之意。asterisk 則為「星號」之意，aster 在英語中變化成 star。

star 【star】图 星星、明星　動 主演

》 **a shooting** star ／流星

》 **a movie starring Tom Cruise** ／由湯姆・克魯斯主演的電影

▶ astronomy 【əsˋtrɑnəmɪ】 名 天文學

✖ astro（星星）+ nomy（法則）

→星星的法則

》 **have a knowledge of** astronomy ／
具備天文學知識

▶ consider 【kənˋsɪdə】 動 考慮

✖ con（完全地）+ sider（星星）

→仔細觀察星星

● consideration　名 考慮

● considerate　形 體貼的

》 consider **the matter** ／針對那個問題加以考慮

▶ disaster 【dɪˋzæstə】 名 災害

✖ dis（離開）+ aster（星星）→被幸運星拋棄

● disastrous　形 災難性的

》 **natural** disasters ／天然災害

▶ desire 【dɪˋzaɪr】 動 希望、但願　名 願望、欲望

✖ de（離開）+ sire（星星）

→離開星星，等待星星會帶來的東西

● desirable　形 令人嚮往的

》 **have no** desire **for money** ／沒有金錢欲望

sign

字根 ▶ sign = 記號、打暗號、署名

具有「標誌」、「暗號」、「徵兆」之意的 sign，原意是「標記」、「記號」，若做為動詞，則有「在支票或文件上簽名」之意。「署名」、「簽名」的英語為 signature，名人的親筆簽名稱為 autograph。

sign

▶ **sign** 【saɪn】

　　图 標誌、暗號、徵兆　　動 簽名、做暗號

》 **a sign of spring** ／春天的訊息

》 **Sign here.** ／請在這裡簽名

▶ signal 【`sɪgn!】

名 信號、暗號、徵兆　　動 做暗號

✖ sign（做暗號）+ al（行為）

》 a traffic signal ／交通號誌

▶ signature 【`sɪgnətʃɚ】

名 署名、簽名

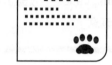

✖ sign（署名）+ ture（行為）

》 Please write your signature here. ／請在這裡簽名。

▶ significant 【sɪg`nɪfəkənt】 形 重要的

✖ sign（記號）+ ify（打造成～）

　　+ ant（～的）→變成記號

● signify　動 意味、顯示

● significance　名 意義、重要性

》 make a significant discovery ／有重要發現

▶ design 【dɪ`zaɪn】

動 設計、計畫　　名 設計術、設計圖

✖ de（在下面）+ sign（記號）

　　→在下面做記號→畫出基底

》 design a city hall ／設計市政府

110

spirit

字根 ▶ spir(e) = 呼吸

「公平競爭的精神」英語為 fair play spirit，spirit 源自拉丁語中代表「呼吸」、「生命氣息」之意的 spiritus。inspiration（鼓舞）指的是「以看不見的力量對著身體吹入氣息」。

spirit

▶ **spirit**【ˋspɪrɪt】图 精神、靈魂、情緒（複數形）

✖ **spire**（呼吸）+ **it**（小東西）→生命的氣息

》 **get rid of evil** spirits ／驅邪

》 **in high** spirits ／心情很好

▶ spiritual 【`spɪrɪtʃʊəl】 形 精神上的

✖ spirit（精神）+ ual（～的）→精神的

》 a spiritual leader of the country ／
那個國家的精神領袖

▶ inspire 【ɪn`spaɪr】 動 鼓舞

✖ in（在～裡面）+ spire（呼吸）
　　→往～中吹入氣息

● inspiration 名 靈感、激勵

》 inspire party members ／激勵黨員

▶ expire 【ɪk`spaɪr】 動 到期、斷氣

✖ ex（向外）+ spire（呼吸）→做最後的呼吸

● expiration 名 到期

》 My passport has expired. ／我的護照過期了。

▶ aspire 【ə`spaɪr】 動 渴望

✖ a（朝向～）+ spire（呼吸）→朝向～吹氣

● aspiration 名 渴望、野心

》 aspire to become a pilot ／渴望成為飛行員

assist

字根 ▶ sist = 站立、存在

在司儀旁邊幫忙的人稱為 assistant（助理），這個字的語源為〈a(s)（朝向～）+ sist（存在）+ant（人）〉。st 在原始印歐語中為「站立」之意。

▶ **assist**【ə`sɪst】**動 幫助**

✖ **a(s)**（朝向～）+ **sist**（存在）→在旁邊

● **assistance** **名 幫助**

》 **assist people in need** ／幫助有需要的人

》 **offer economic assistance** ／提供經濟上的援助

▶ consist 【kən`sɪst】 動 組成、存在於～

✖ con（一起）+ sist（站立）

》 **This class consists of 30 students.** ／
這個班級由三十位學生組成。

▶ exist 【ɪg`zɪst】 動 存在

✖ ex（向外）+ sist（站立）

● existence 　名 存在

》 **I believe God exists.** ／我相信神的存在。

▶ insist 【ɪn`sɪst】 動 堅持

✖ in（在上面）+ sist（站立）

　→站在自己的意見上

● insistent 　形 堅持的

》 **He insists on his innocence.** ／他堅持自己是清白的。

▶ resist 【rɪ`zɪst】 動 反抗、抵抗

✖ re（違反）+ sist（站立）

● resistance 　名 反抗、抵抗

》 **I can't resist chocolate.** ／我太喜歡巧克力了（完全無
法抗拒）。

stand

字根 ▶ stan(ce) = 站立

意味著「站立」的 stand，源自有「（堅定地）站立」之意的
原始印歐語 sta。因為原意是即使在逆境中也一樣屹立不搖，
stand 也有「忍受」的意思。instant（立即）的語源為〈in
（在～裡面）+stant（站立）〉，原意為「就站在旁邊」。

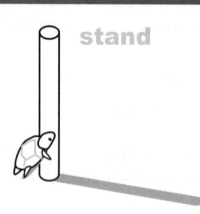

stand

▶ **stand**【stænd】**動** 站立、站著、豎立、忍受

》 **Stand up.** ／請起立。

》 **I can't stand the heat.** ／我怕熱。

▶ distance 【`dɪstəns】名 距離

✖ dis（離開）+ stance（站立）

　→離開站著

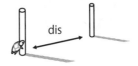

● distant 形 遙遠的

》 the distance between the earth and the moon ／地球和月球的距離

▶ constant 【`kɑnstənt】形 固定的

✖ con（一起）+ stant（站立）

　→總是一起站著

》 walk at a constant speed ／以固定的速度走路

▶ circumstance 【`sɝkəm,stæns】

　名 情況、事件

✖ circum（在周圍）+ stance（站立）

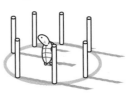

》 It depends on circumstances. ／
視當時的情況而定。

▶ establish 【ə`stæblɪʃ】動 設立、確立

✖ e（向外）+ sta（站立）+ able（可以～）
+ ish（打造成～）→可以搭建在外面

● establishment 名 設立、設施

》 establish a kindergarten ／成立幼兒園

stick

字根 ▶ stick, stinc(t) = 刺

這個字的語源為日耳曼語中意味著「穿刺」、「銳利」的 stik。stick 從穿刺之物演變成「棒子」或「棒狀物」，當作動詞使用時，則有「穿刺」、「貼上」之意。sticker（貼紙）的原意為「貼上的東西」。

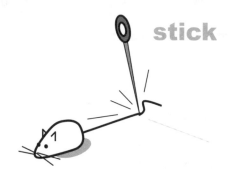

stick

▶ **stick 【stɪk】** 動 穿刺、黏貼　图 棒子、手杖

》 **Don't stick your head out of the window.** ／不要把頭伸出車外。

》 **walk with a stick** ／拄著枴杖走路

▶ **sticky** 【`stɪkɪ】 形 黏的、棘手的

✂ **stick**（黏貼）+ **y**（〜的）

》 **in a sticky situation** ／棘手的狀況

▶ **sting** 【stɪŋ】 動 （以刺）刺

》 **I was stung by a bee.** ／我被蜜蜂螫到了。

▶ **distinct** 【dɪ`stɪŋkt】 形 明確的

✂ **di**（離開）+ **stinct**（刺）→刺了之後將其分開

》 **a distinct difference between the two** ／
　　兩者的明確差異

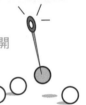

▶ **distinguish** 【dɪ`stɪŋgwɪʃ】 動 區別

✂ **di**（離開）+ **sting**（刺）+ **ish**
　　（打造成〜）→刺了之後將其分開

● **distinction** 名 區別、卓越性

》 **distinguish butter from margarine** ／區分奶油和人造奶油

vacation

字根 ▶ va(c) = 空的

法國人會連續休假好幾個禮拜，法文 vacance（空缺、假期）的原意指的便是「什麼都不做的狀態」。為了彌補欠缺而「想要得到某些東西（want）」和「浪費（waste）」也是相同語源。

vacation

▶ **vacation**【veˋkeʃən】图 休假

✂ **vac**（空的）+ **ate**（打造成～）+ **ion**（行為）→弄成空的

● **vacate** 動 空出、撤退

》 **go to Hawaii on vacation** ／到夏威夷度假

》 **vacate a house** ／離開家裡

▶ vacant【`vekənt】

形 空著、未被占用的

✖ vac（空的）+ ant（表示狀態）

● vacancy　名 空房、空位

》 a vacant apartment ／空著的公寓房間

▶ vain【ven】形 無益的

✖ 空虛的

● vanity　名 虛榮心、虛幻

》 make vain efforts ／徒勞無功

▶ vast【væst】形 廣大的

✖ 沒有任何阻礙

》 a vast desert ／遼闊的沙漠

▶ evacuate【ɪ`vækjʊ,et】動 避難

✖ e（向外）+ vac（空的）+ ate
　（打造成）→空出來，到外面去

● evacuation　名 避難

》 evacuate the island ／從島嶼疏散

tender

字根 ▶ tend = 延伸

牛或豬腰部上方質地柔軟的肉稱為 tenderloin（里肌肉），語源為〈柔軟的（tender）＋ 腰肉（loin）〉。tender 的原意為「延伸使其柔軟」。

tender

▶ **tender**【ˋtɛndɚ】

　　形 溫柔的、柔軟的　　動 伸出、提出

✖ 延伸使其柔軟

》 **have a tender heart** ／心地善良

》 **He tendered his resignation.** ／他提出辭呈。

▶ tend 【tɛnd】 動 傾向於～、朝向、照顧

✖ 延伸

》 tend **to catch colds** ／容易感冒

▶ tendency 【`tɛndənsɪ】 名 傾向

✖ tend（延伸）+ ency（狀態）

》 **have a** tendency **to do** ～／有～的傾向

▶ tension 【`tɛnʃən】 名 緊張、不安

✖ tens（延伸）+ ion（狀態）→心情很緊繃

● tense 形 緊張的

》 **ease the** tension ／緩和緊張的情緒

▶ attend 【ə`tɛnd】 動 出席、參加、照顧

✖ a(t)（朝向～）+ tend（延伸）→將腳往～伸去

● attention 名 注意、照料

● attendant 名 服務員

》 attend **the ceremony** ／出席典禮

a(t)

terminal

字根 ▶ term = 界限

火車或巴士最後的停車場所，亦即鐵路或交通路線的界限，稱為 terminal（總站）。在學校，一年的課業分成上下兩個部分，這個界限稱為 term（學期）。電影《魔鬼終結者》（Terminator），指的即是為了終結人類的歷史，從未來被送到現在的東西。

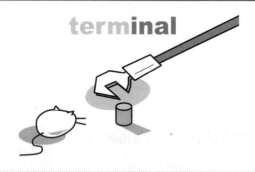

terminal

▶ **terminal**【ˋtɝmən!】形 末期的　名 終點

✖ **term**（界限）+ **al**（變成形容詞）→界限的

》 **a terminal patient** ／末期患者

》 **leave from the terminal** ／從航站出發

▶ term【tɝm】图 期間、學期、條件

》**a new school** term ／新學期

▶ determine【dɪ`tɝmɪn】動 決定

✖ **de**（完全的）+ **term**（界限）

→定下界限

● determination 图 決心、下決心

》**be** determined **to do** ～／決定去做～

▶ terminate【`tɝmə,net】動 結束

✖ **term**（界限）+ **ate**（打造成～）

→定下界限

》terminate **the contract** ／終止契約

▶ exterminate【ɪk`stɝmə,net】動 滅絕

✖ **ex**（完全地）+ **terminate**（終結）

● extermination 图 滅絕

》exterminate **communism** ／

殲滅共產主義

ex

tractor

字根 ▶ tra(ct), trea = 拉

「牽引機（tractor）」指的是拉動無法靠自己的力量前進的車子，一如被牽拉的車稱為「拖車（trailer）」，tract 或 trail 有「拉」的意味。將薄紙放在原圖上進行描繪則稱為 trace（描摹）。

▶ tractor【ˋtræktɚ】名 牽引機

✂ **tract**（拉）+ **or**（物品）

》**have a license for a tractor** ／擁有牽引機的執照

》**an agricultural tractor** ／農耕用牽引機

▶ **attract** 【əˋtrækt】動 拉、拉近

✄ **a(t)**（朝向～）+ **tract**（拉）

→吸引到這邊

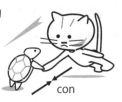

● **attraction** 名 吸引力、注目、精彩的節目

● **attractive** 形 有吸引力的

》 **attract a lot of attention** ／吸引許多目光

▶ **contract** 【ˋkɑntrækt】名 契約

【kənˋtrækt】動 收縮、締結契約

✄ **con**（一起）+ **tract**（拉）→互相拉

》 **sign the contract** ／在契約上簽名

▶ **trail** 【trel】名 足跡、小徑 動 追蹤、拖

》 **walk along the nature trail** ／

走在天然的小徑上

▶ **treat** 【trit】動 請客、對待 名 招待、請客

✄ 拉近

● **treatment** 名 待遇、治療

● **treaty** 名 條約

》 **Trick or treat?** ／不給糖，就搗蛋。

use

字根 ▶ us(e) = 使用

use 的前面加上各式各樣的前置詞，形成不同的字彙。例如，abuse 的語源為〈ab（偏離原本的目的）+ use（使用）〉，意思是「濫用」，misuse 的語源為〈mis（弄錯）+ use（使用）〉，意思是「用於不良目的」或「誤用」，reuse 的語源為〈re（再度）+ use（使用）〉，意思是再度利用。

▶ **use**【juz】**動** 使用　【jus】**名** 使用

》 **Can I use the phone?** ／可以借用一下電話嗎？

》 **a book of no use** ／這本書沒什麼用

▶ useful 【`jusfəl】形 有用的

❌ use（使用）+ ful（滿滿的）

　→可大量使用

● useless　形 沒用的

》 a useful tool ／有用的道具

▶ usual 【`juʒʊəl】形 慣常的

❌ use（使用）+ al（～的）→總是使用著

》 take my usual train ／搭上往常的列車

▶ usually 【`juʒʊəlɪ】副 通常地

❌ usual（慣常的）+ ly（～地）

　→一如往常地

》 I usually walk to the office. ／

　我總是走路到公司。

▶ unusual 【ʌn`juʒʊəl】形 不尋常的、 非常

❌ un（不是～）+ usual（慣常的）→不尋常

》 have an unusual ability ／

　擁有出色的能力

119

value

字根 ▶ val, vail = 價值、力量

某速食店將具有價值的「超值套餐」稱為 value set，value 乃「價值」之意。西班牙的城市中，僅次於馬德里和巴塞隆納的第三大都市瓦倫西亞（Valencia）也是相同語源。

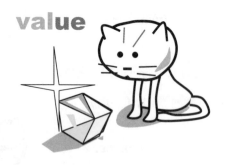

▶ value 【ˋvælju】 图 價值、價格　動 給予好評、估價

》 **the value of the painting** ／那幅畫的價值（價格）

》 **His picture is valued at one million dollars.** ／他的畫作被估價為一百萬元。

▶ available【ə`veləb!】

形 可用的、可得到的、可利用的

✖ a（朝向～）+ vail（價值）+ able
（可以～）→朝向有價值的方向

● avail 動 有用的　名 利益

》 **Tickets are available here.** ／可以在這裡購票。

▶ equivalent【ɪ`kwɪvələnt】形 同等的

✖ equi（同等的）+ val（價值）+ ent（～的）→價值相同的

》 **They are equivalent in value.** ／
它們具有同等價值。

▶ evaluate【ɪ`væljʊ,et】動 評價

✖ e（向外）+ value（價值）+ ate
（打造成～）→將價值拿到外面

● evaluation 名 評價

》 **evaluate the result** ／衡量結果

▶ valuable【`væljʊəb!】形 有價值的

名 貴重物品（複數形）

✖ value（價值）+ able（可以～）

● invaluable 形 極為貴重的

》 **get valuable information** ／得到珍貴的情報

survive

字根 ▶ **viv(e), vit = 生存**

vitamin（維他命）由拉丁語中象徵「生存」、「生命」的 vita，以及由「阿摩尼亞（Ammonia）」所形成的化合物「胺（amine）」兩個字合併而成。「祝你長命百歲」的義大利語為 Viva。

▶ **survive**【sə`vaɪv】 **動** 長壽、倖存

✖ **sur**（超越）+ **vive**（生存）→ 比人更長壽

● **survival** **名** 倖存

》 **survive the accident** ／在那場意外中倖存下來

》 **the struggle for survival** ／生存競爭

▶ revive 【rɪˋvaɪv】動 甦醒、使甦醒

✖ re（再度）+ vive（生存）

● revival 名 復活

》 revive the plants ／讓那植物復活

▶ vital 【ˋvaɪt!】形 極為重要的、致命的

✖ vit（生存）+ al（～的）→生命的

● vitality 名 生氣、活力

》 a problem of vital importance ／十分重要的問題

▶ vivid 【ˋvɪvɪd】形 鮮明的、有生氣的

✖ viv（生存）+ id（～的）

》 have a vivid memory of the day ／
清楚記得那天發生的事

▶ vigorous 【ˋvɪgərəs】形 精神充沛的、健壯的

✖ vig（存活）+ or（狀態）+ ous（～的）

● vigor 名 活力

》 a vigorous debate ／激烈的討論

adventure

字根 ▶ vent = 去、來

adventure（冒險）的語源為〈ad（朝向～）+ vent（去）+ ure（行為）〉，「冒險性事業」的 venture，就是把 adventure 的 ad 去掉而成的字。

adventure

▶ adventure【əd`vɛntʃə】图 冒險

✖ **ad**（朝向～）+ **vent**（前往）+ **ure**（行為）→朝著某個東西而去

● adventurous　图 愛冒險的

》 **have a spirit of** adventure ／抱持著冒險精神

》 **live an** adventurous **life** ／度過充滿冒險的一生

▶ venture【ˋvɛntʃɚ】

名 冒險性事業　動 下定決心～

✚ vent（前往）＋ ure（行為）→前往

》 He ventured to propose to her. ／他大膽地向她求婚。

▶ invent【ɪnˋvɛnt】動 發明、捏造

✚ in（在～裡面）＋ vent（來）→來到腦中

● invention 名 發明

》 invent a story ／捏造一個故事

▶ prevent【prɪˋvɛnt】動 妨礙、防止

✚ pre（在前面）＋ vent（來）

　　→出現在自己面前

● prevention 名 防止、預防

》 prevent an accident ／預防意外發生

▶ convenient【kənˋvinjənt】形 方便的

✚ con（一起）＋ ven（來）＋ ent

　　（～的）→總是一起跟著來

● convenience 名 便利

》 When is it convenient for you? ／你什麼時候方便？

thunder

字根 ▶ thun, son, (s)ton, (s)tun = 聲音

thunder（雷）源自原始印歐語中，代表「發出巨大聲響」、「回響」之意的 stene，sound（聲音）則源自原始印歐語 swen，swen 同時也是 swan（天鵝）的語源，swan 的原意為「鳴叫的鳥」。thunderbird（雷鳥）指的是美國原住民神話中，被認為會帶來雷雨的大鳥。

thunder
thunder

▶ **thunder**【ˋθʌndɚ】图 雷、雷鳴

　　動 發出打雷的聲音、發出巨大聲響

✂ **thund**（聲音）+ **er**（東西）→發出聲音的東西

》 **It thundered a lot last night.**／昨晚一直打雷。

》 **I hate thunder.**／我最討厭打雷了。

▶ stun 【stʌn】 動 使昏迷、使目瞪口呆

✖ 發出巨大聲響

● stunning 形 讓人驚訝的、極為漂亮的

》 stun **a big fish** ／讓一隻大魚昏迷

▶ sonic 【`sɑnɪk】 形 聲音的、音速的

✖ son（聲音）+ ic（～的）

》 **at** sonic **speed** ／以音速～

▶ sound 【saʊnd】 名 聲音

動 聽起來像～、發出聲音

》 **That** sounds **interesting.** ／
那聽起來很有趣。

▶ astonish 【ə`stɑnɪʃ】 動 使吃驚、使驚訝

✖ as（= ex，向外）+ ton（聲音）+ ish
（打造成～）→ 因為聲音而到外面去

》 **I was** astonished **at the news.** ／
那個消息讓我感到非常驚訝。

television

字根 ▶ vis(e), view = **看**

visit 的語源為〈vis（看）+ it（前往）〉，後來引申為「造訪」、「參觀」，防晒用的「遮陽板（sun visor）」原本的意思是「看太陽的東西」。ocean view（海景）的 view 源自原始印歐語中，意味著「看」的 weid。wise（聰明的）、wit（機智），以及 witness（目擊者、證人）也都是相同語源。

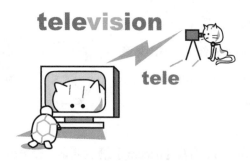

▶ **television**【ˋtɛlə͵vɪʒən】名 電視

✖ **tele**（遙遠地）+ **vis**（看）+ **ion**（物品）→ 可以看到遠方的東西

● **televise** 動 電視播放

》 **a liquid crystal** television ／液晶電視

》 **turn on the** television ／打開電視

▶ vision 【`vɪʒən】 名 視力、展望

✖ vis（看）+ ion（行為）→看

》 He lost his vision. ／
　他失去了視力。

▶ visible 【`vɪzəb!】 形 眼睛可見的、顯而易見的

✖ vis（看）+ ible（可以～）→能夠看到

》 The planet is visible aftersunset. ／
　太陽下山後可以看到這顆行星。

▶ visual 【`vɪʒuəl】 形 視覺的

✖ vis（看）+ ual（～的）→外表的

》 visual effects ／視覺效果

▶ review 【rɪ`vju】 名 再檢查、複習、評論
動 再檢查、複習

✖ re（再度）+ view（看）

》 write a book review ／撰寫書評

convey

字根 ▶ **vey, way, vi(a) = 道路、運送**

way（道路）、wagon（運貨馬車）、weight（重量）、
voyage（航海）皆起源於原始印歐語中，意味著「用車子來
運送」的 wegh。Norway（挪威）這個國名的語源則為
〈north（北方的）+way（道路）〉。

▶ **convey**【kən`ve】動 傳達、搬運

✂ **con**（一起）+ **vey**（搬運）

● conveyance　名 交通工具、運輸

》 convey **my gratitude to him** ／向他表達謝意

》 conveyance **by land** ／陸路運輸

▶ **via**【ˋvaɪə】介 經由～、透過～

》 **send a parcel via airmail** ╱
以空運寄送包裹

▶ **obvious**【ˋɑbvɪəs】形 明顯的、一看就懂

✖ **ob**（朝向～）+ **vi**（道路）+ **ous**（～的）
→成為道路的阻礙

》 **He made an obvious mistake.** ╱
他犯了一個明顯的錯誤。

▶ **previous**【ˋprivɪəs】形 之前的、以前的

✖ **pre**（之前）+ **vi**（道路）+ **ous**（～的）
→以前通過

》 **I have a previous appointment.** ╱
我已經先有約了。

▶ **vehicle**【ˋviɪk!】图 交通工具、手段

✖ **veh**（運送）+ **cle**（小東西）
→運送的東西

》 **undergo a vehicle inspection** ╱
接受車檢

revolution

字根 ▶ vol(ve) = 旋轉、轉動

revolution（革命）的語源為〈re（在後面）+vol(ve)（轉動）+tion（行為）〉，volve 源自拉丁語中的 volvere，可追溯至原始印歐語中象徵「旋轉」之意的 wel。兩人一起跳的三拍舞蹈 waltz（華爾滋）和 walk（步行），也是相同語源。

revolution

▶ **revolution**【ˌrɛvəˈluʃən】名 革命

✄ **re**（在後面）+ **vol**（轉動）+ **tion**（行為）

● **revolutionary** 形 革命性的

》 **the Russian Revolution** ／俄羅斯革命

》 **make a revolutionary discovery** ／有一個革命性發現

▶ revolve 【rɪˋvɑlv】

✖ re（再度）+ volve（轉動）→ 團團轉

》 revolve around the sun ／
繞著太陽的周圍旋轉

▶ evolve 【ɪˋvɑlv】 動 進化、使發展

✖ e（向外）+ volve（轉動）→ 向外團團轉

● evolution 名 進化、發展

》 Human beings evolved from the
apes. ／人類是從人猿進化而來的。

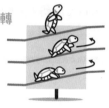

▶ involve 【ɪnˋvɑlv】 動 包含、牽涉、使捲入

✖ in（在～裡面）+ volve（轉動）→ 捲入

● involvement 名 連累、專注於

》 be involved in an accident ／
被捲入一場意外中

▶ volume 【ˋvɑljəm】 名 量、音量、容積、書籍

✖ 一圈一圈捲起來的東西 → 粗細 → 量

》 turn down the volume ／
把音量轉小

reversible

字根 ▶ vers(e), vert = 轉動、朝向、彎曲

像「結婚紀念日」這種一年會碰到一次的紀念日稱為 anniversary，這個字的語源為〈ann（年）+ vers（旋轉）+ ary（東西）〉。university（大學）的語源為〈uni（一）+ vers（旋轉）+ ity（東西）〉，原意是以教授為主，集結成一個的東西。

reversible

▶ **reversible**【rɪ`vɝsəbl】

　　形 可以反過來用的　名 可兩面穿著的外套

❖ **re**（向後）+ **vers**（彎曲）+ **ible**（可以～）→可以向後彎

● **reverse**　動 顛倒、使反向　名 相反、背面

　　　　　　　形 相反的、背面的

》 **This sweater is** reversible. ／這件毛衣可以反過來穿。

》 **the** reverse **side of a coin** ／銅板背面

▶ **versus** 【`vɝsəs】 介（競賽中的）對抗、與～相對

❌ 彼此面對面

》**the Giants versus the Tigers** ／
巨人隊對老虎隊

▶ **version** 【`vɝʒən】

图 改編、改編形式、譯文、版本

❌ **vers**（旋轉）+ **ion**（狀態）

》**a revised version** ／改訂版

▶ **advertise** 【`ædvɚˌtaɪz】 動 宣傳、做廣告

❌ **ad**（朝向～）+ **vert**（轉、使用）
+ **ise**（打造成～）→加以注意

● **advertisement** 图（進行）廣告

》**advertise in a newspaper** ／在報紙刊登廣告

▶ **vertical** 【`vɝtɪk!】 形 垂直的 图 垂直線

❌ **vert**（轉向）+ **ical**（～的）→向著天頂

》**an almost vertical cliff** ／
幾乎呈垂直的山崖

以字首分類的單字整理

粗體數字表示主要單字的所在頁數，細體數字則為相關單字的所在頁數。

▶ 代表字首

se（離開）

▶ se

semi（一半）

▶ semi

sub（在～下方、其次）

▶ sub（基本形）

▶ suc

▶ suf

▶ sug

▶ sup

▶ sus

super（在上方、超越）

▶ super

up（在上方）

▶ **up**

輕鬆學系列 033

「字首 & 字根」連鎖記憶法，英文單字語源圖鑑
イラストでわかる 中学英語の語源事典

作　　　者	清水建二、すずきひろし
審　　　訂	威廉・J・柯里（William J. Currie）
譯　　　者	吳怡文
總 編 輯	何玉美
責任編輯	陳如翎
封面設計	張天薪
內頁排版	theBAND・變設計— Ada

出版發行	采實文化事業股份有限公司
行銷企劃	陳佩宜・馮羿勳・黃于庭・蔡雨庭
業務發行	張世明・林踏欣・林坤蓉・王貞玉
國際版權	王俐雯・林冠妤
印務採購	曾玉霞
會計行政	王雅蕙・李韶婉
法律顧問	第一國際法律事務所　余淑杏律師
電子信箱	acme@acmebook.com.tw
采實官網	www.acmebook.com.tw
采實臉書	www.facebook.com/acmebook01

I S B N	978-986-507-073-1
定　　　價	360 元
初版一刷	2020 年 1 月
劃撥帳號	50148859
劃撥戶名	采實文化事業股份有限公司
	104 台北市中山區南京東路二段 95 號 9 樓
	電話：(02)2511-9798　傳真：(02)2571-3298

國家圖書館出版品預行編目 (CIP) 資料

「字首 & 字根」連鎖記憶法，英文單字語源圖鑑 / 清
水建二，すずきひろし著；威廉・J・柯里（William J.
Currie）審訂；吳怡文譯 . -- 初版 . -- 臺北市：采實文
化，2020.01
　面；　公分 . -- (輕鬆學系列；33)
譯自：イラストでわかる 中学英語の語源事典
ISBN 978-986-507-073-1(平裝)

1. 英語 2. 詞彙

805.12　　　　　　　　　　　　　　　108020811

CHUGAKU EIGO NO GOGEN JITEN
By Kenji SHIMIZU & Hiroshi SUZUKI
Supervised by William Joseph Currie
Copyright © 2019 by Kenji SHIMIZU & Hiroshi SUZUKI
All rights reserved.
First original Japanese edition published by PHP Institute, Inc.
Traditional Chinese edition copyright ©2020 by ACME
Publishing Co., Ltd.
Traditional Chinese translation rights arranged with PHP
Institute, Inc.
through Keio Cultural Enterprise Co., Ltd.

イラストでわかる中学英語の語源事典

字首&字根
連鎖記憶法
英文單字

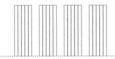

語源
圖鑑

英文學習者的第一本
革命性入門語源單字書

「字首&字根」連鎖記憶法，英文單字語源圖鑑

讀者資料（本資料只供出版社內部建檔及寄送必要書訊使用）：

1. 姓名：

2. 性別：□男　□女

3. 出生年月日：民國 年　　　　　月　　　　　　日（年齡： 歲　　　　）

4. 教育程度：□大學以上　□大學　□專科　□高中（職）　□國中　□國小以下（含國小）

5. 聯絡地址：

6. 聯絡電話：

7. 電子郵件信箱：

8. 是否願意收到出版物相關資料：□願意　□不願意

購書資訊：

1. 您在哪裡購買本書？□金石堂（含金石堂網路書店）　□誠品　□何嘉仁　□博客來
□墊腳石　□其他：＿＿＿＿＿＿＿＿＿＿＿＿＿＿＿＿＿＿（請寫書店名稱）

2. 購買本書日期是？＿＿＿＿＿＿年＿＿＿＿＿＿月＿＿＿＿＿＿日

3. 您從哪裡得到這本書的相關訊息？□報紙廣告　□雜誌　□電視　□廣播　□親朋好友告知
□逛書店看到　□別人送的　□網路上看到

4. 什麼原因讓你購買本書？□對主題感興趣　□被書名吸引才買的　□封面　□內容好
□其他：＿＿＿＿＿＿＿＿＿＿＿＿＿＿＿＿（請寫原因）

5. 看過書以後，您覺得本書的內容：□很好　□普通　□差強人意　□應再加強　□不夠充實
□很差　□令人失望

6. 對這本書的整體包裝設計，您覺得：□都很好　□封面吸引人，但內頁編排有待加強
□封面不夠吸引人，內頁編排很棒　□封面和內頁編排都有待加強　□封面和內頁編排都很差

寫下您對本書及出版社的建議：

1. 您最喜歡本書的特點：□插畫精美　□實用簡單　□包裝設計　□內容充實

2. 您最喜歡本書中的哪一個單元？原因是？
＿＿
＿＿

3. 你對書中所傳達的學習方法，有沒有不清楚的地方？
＿＿
＿＿

4. 未來，您還希望我們出版什麼方向的工具類/語言學習類書籍？
＿＿
＿＿